Fairy ring on my finger

Hazel Nazo

Le code de la propriété intellectuelle interdit les copies ou reproductions destinées à une utilisation collective. Toute représentation ou reproduction intégrale ou partielle faite par quelque procédé que ce soit, sans le consentement de l'auteure ou de ses ayant cause, est illicite et constitue une contrefaçon aux termes des articles L.335-2 et suivants du Code de la propriété intellectuelle.

Édition : BoD · Books on Demand, 31 avenue Saint-Rémy, 57600 Forbach, bod@bod.fr
Impression : Libri Plureos GmbH, Friedensallee 273, 22763 Hamburg (Allemagne)
Dépôt légal : Avril 2025

Ce livre est une fiction. Les noms, personnages, lieux, et évènements sont issus de l'imagination de l'auteure, et toute ressemblance avec des personnages vivants ou ayant existé serait fortuite. Toute référence à des lieux ou personnages réels serait utilisée de façon fictive

© 2025 Hazel Nazo. All Rights Reserved.

ISBN : 978-2-3225-6105-6

Avertissements :

Cette histoire est une fiction. Elle comporte des mentions légères de harcèlement lié au handicap. Nous ne cautionnons ni n'encourageons ce genre de comportements.

À ceux qui ont déjà rêvé de sauter dans un cercle de champignons et d'être embarqués par une jolie fée…

À l'enfance, qui m'a donné le goût de la fantaisie. On ne grandit jamais vraiment.

Chapitre 1

La valse des champignons

Il allait être en retard.

Il n'avait pas vraiment envie d'y aller, en même temps. Il n'était pas pressé d'être le « nouveau ». Il n'était pas pressé de faire le café pour ses supérieurs, de se sentir stupide devant son écran ou de rentrer à dix-huit heures pour rédiger son rapport de stage. Ce qu'il redoutait le plus c'étaient les potentielles moqueries sur son nom. Il en avait vu passer d'autres, victime de ce nom depuis l'enfance, cependant, cela restait assez désagréable, bien qu'il ait compris l'origine de ces moqueries.

Il est vrai que « Albert Ortie », ce n'était pas un nom courant. Il ne l'aimait pas non plus, mais ses parents étaient persuadés qu'un prénom de génie ferait de lui un homme particulièrement intelligent. Albert avait ruiné leurs espoirs en choisissant de s'orienter vers l'immobilier. C'était un domaine en plein essor, mais bien loin de celui du médical dans lequel sa famille espérait le voir évoluer. Il était jeune, son père pensait encore le faire changer d'avis. Par conséquent, il n'avait pas reçu un grand soutien lors de sa décision de postuler dans l'immobilier… Heureusement, sa mère était là pour contrebalancer.

Une fois les deux pieds sur le paillasson, Albert hésita à prendre une écharpe, se dit qu'il n'en aurait pas besoin en étant à l'intérieur, se contenta de prendre son sac à dos… et réalisa un peu tard qu'il avait déménagé à la campagne. La rosée du matin s'était faufilée dans ses chaussettes lorsqu'il avait couru pour rejoindre l'abribus. Il avait un peu froid. Et le car, qui était arrivé à l'heure, partait de l'arrêt. Albert, conscient de son erreur, décida dans un espoir vain de regarder le tableau des horaires affiché sur le bois de l'abri : ce bus ne passait qu'une fois toutes les heures et demie. La ville lui manquait déjà. Le métro et ses odeurs désagréables lui manquaient déjà. Ses amis de la faculté lui manquaient déjà.

Il regarda le bus partir, et une envie de faire demi-tour vint titiller son esprit… Il la chassa avec un gros soupir, et marcha droit devant lui sur la route bordée de grands peupliers un peu tordus, téléphone en main. Albert ne se laisserait pas faire par les aléas du quotidien. Il était certes frustré que le bus lui soit passé sous le nez, mais cela n'allait pas l'arrêter. Il devait se rendre à son stage, c'était son dernier recours… Il avait été insouciant trop longtemps. En marchant dans l'herbe glissante sur le bord de la chaussée, en ce matin d'automne particulièrement frais, il avait des regrets. Il regrettait son choix professionnel, mais aussi ses choix d'adolescent en quête de divertissement… Adolescent qui avait passé l'été à faire la fête.

La fin des vacances était arrivée à une vitesse éclair, il avait été forcé de reprendre son rôle, celui d'un étudiant sûr de lui qui souhaitait apprendre et travailler. Après les vacances qu'il avait passées, sans aucune responsabilité, tout cela n'était qu'une apparence ; mais la société aimait les apparences. Cette même obsession pour le paraître le forçait à porter un costume pour aller travailler, assis dans un bureau devant un ordinateur.

Il avait de plus en plus froid. Son GPS semblait aussi perdu que lui, il venait de lui indiquer un chemin boueux qui serpentait dans ce qui ressemblait à un petit bois. Albert ne retint pas une grimace incertaine : il ne détestait pas la nature, il n'avait juste pas l'habitude de s'y promener. La région était riche en espaces verts, entre plaines et forêts. Il se demandait encore comment sa mère avait dégoté un stage dans ce coin perdu. Il se souvint de son sourire immense, lorsqu'elle lui avait annoncé qu'il partait pour la campagne : « Tu verras, Saint-Bois est un très joli village. Les hivers y sont un peu rudes, mais c'est très joli ! ».

Le plus dramatique à son sens, c'était qu'il s'agissait d'un stage à temps plein : ses examens pour l'école avaient déjà eu lieu, il ne lui manquait que cette expérience professionnelle pour valider son diplôme. Son contrat courrait sur l'année complète, une année à travailler dans cette agence de misère, sans pouvoir rentrer chez lui en dehors des quelques vacances qui lui seraient accordées.

Résigné, Albert avait fait sa valise en conséquence, bottes en caoutchouc et pull-overs faits main par sa grand-mère. Il était prêt à gambader dans les champs. Il avait par la suite reçu une lettre de son employeur qui lui imposait un uniforme… Les bottes en caoutchouc n'étaient évidemment pas dans les choix de l'entreprise.

Albert avait fini par acheter un costume trois-pièces gris. Choisir du gris, c'était un choix étrange pour un jeune homme. Albert avait été influencé par son père, qui avait aussi payé le costume. Il n'avait pas osé protester. Il se demandait bien à quoi ressembleraient ses collègues. Il imaginait des gens bourrus et âgés, le parfait cliché d'une agence de petit bourg ; peut-être auraient-ils tous un costume gris…

Cependant, il pourrait bien ne jamais les rencontrer, perdu au milieu de la forêt - comme il semblait l'être. Il observa son environnement. L'automne était bien installé, les arbres étaient parés des couleurs chaudes de la saison. Quelques feuilles formaient un tapis circulaire autour des troncs solides ; il avait envie de sauter dedans, pour en entendre le bruissement sous ses semelles. Albert aurait pu se laisser tenter, mais il fut interrompu en apercevant un écureuil sur une branche de châtaigner. L'animal s'enfuit en voyant l'humain qui avançait vers lui. Ce même humain donna un léger coup de pied dans une bogue, l'envoyant dans l'un des tas de feuilles. L'écureuil qui avait dû s'y cacher chercha refuge en grimpant sur un chêne voisin. Le petit bois était tranquille.

Bien qu'il soit perdu, Albert ne se sentait pas en danger. Il ne connaissait pas la forêt, qui était bien différente des grands parcs où il avait pour habitude d'aller nourrir les canards. Il ralentit son allure, son trajet se transforma en promenade. Il se fit la réflexion que la forêt comptait un grand nombre d'espèces : hêtres, chênes, noisetiers, conifères… Il marchait à travers une forêt diversifiée. Il s'amusait à reconnaître les feuilles qui poussaient sur les branches basses, et finit par s'éloigner du sentier sans faire attention.

Même s'il avait toujours vécu en ville, sa mère était une femme de la campagne. Dès qu'elle en avait l'occasion, elle lui apprenait volontiers ce qu'elle savait sur les végétaux qui avaient été le cadre de son enfance. Il n'y avait jamais porté beaucoup d'attention, ne pensait même pas se souvenir d'autant de détails à propos des feuilles des arbres… Il était comme enchanté. Soudainement, son retard ne comptait plus, son travail non plus. Il n'avait même plus froid.

Il s'arrêta entre quatre érables immenses, identiques. Cette coïncidence étrange l'amusa plus qu'elle ne l'inquiéta. Les arbres flamboyants formaient une barrière invisible autour d'un autre cercle, de champignons celui-ci. Les champignons blancs avec leurs petits chapeaux tout ronds accompagnaient les amanites toxiques écarlates dans une ronde endiablée, pourtant immobile aux yeux des promeneurs. Albert était cependant convaincu de les avoir vus danser. Il se mit lui aussi à faire quelques pas de valse, fredonnant un air qu'il ne connaissait pas. Euphorique, il ignora la boue qui montait sur sa chaussette, emporté par la mélodie qu'il entendait dans sa tête.

D'où venait-elle ? Elle lui rappelait une berceuse, mais il ne parvenait pas à mettre un nom dessus. Il se sentait plus léger, le brouillard qu'il avait vu le matin sur la forêt semblait être entré dans sa tête, il était perdu en ayant pourtant la sensation d'être là où il devait être. Ses pas l'amenèrent juste au bord du cercle de champignons.

Il hésita : sa mère lui avait raconté des histoires de fées et de porte-bonheurs, lorsqu'il était plus jeune. Il avait visionné bon nombre de films d'animation mettant en avant des lutins bienveillants qui vivaient dans des maisons champignons. Dans sa culture et dans sa tête, ces cercles de fées étaient des porte-bonheurs. Il sauta dedans à pieds joints, toujours en chantonnant, encore ensorcelé par les effluves de la forêt. Il tournoyait au milieu du cercle, les champignons dansaient avec lui. Le temps s'était arrêté, son stage n'avait plus d'importance. Et il ne ressentait plus le froid… Le froid ? Un petit vent espiègle vint ébouriffer ses cheveux, il eut un frisson brutal.

Reprenant peu à peu contact avec la réalité, il pesta en constatant que ses chaussettes étaient trempées dans ses chaussures, sa semelle et l'ourlet de son pantalon en pince étaient couverts de terre. Il secoua la tête et regagna le sentier principal qu'il trouva presque immédiatement. Il ne comprenait pas ce qui lui était passé par la tête. Son GPS se remit à fonctionner comme par magie, et, finalement, en quelques minutes, il arriva dans un village aux rues pavées. Il se mit à trotter en voyant l'heure, essoufflé au bout de quelques foulées. Albert n'était pas un grand sportif. Il s'arrêta pour reprendre son souffle, déjà épuisé. Encore un coup de chance, lorsqu'il releva la tête, il faisait face à la devanture d'une agence immobilière au nom familier. Il repensa au cercle de champignons au centre duquel il avait dansé… Peut-être que sa mère disait vrai, alors : les cercles de fées portaient bonheur.

Albert sentait la sueur et les feuilles pourries. C'était là un mélange tout à fait exquis, parfait pour rencontrer et séduire sa nouvelle équipe. Il utilisa le coin de sa manche pour tapoter son front luisant, honteux. Il n'avait que cinq minutes de retard, ce n'était pas dramatique. Pourtant, il se sentait coupable. Il se sentait aussi mal fagoté, sans raison valable : l'agence avait traversé les années sans subir la moindre rénovation, le papier peint ne tenait plus sur les murs jaunis et l'odeur de poussière grillée donnait une idée de l'état des radiateurs. Il avança vers le premier bureau en tortillant les pans de sa veste.

La vieille dame qui était assise derrière n'avait rien d'accueillant. Même ses lunettes rondes semblaient chercher à s'enfuir sous son regard dur, elles glissaient sur son nez tordu qu'elle ne cessait de froncer en tapant sur son clavier. Albert toussota pour indiquer sa présence, et entama la conversation d'une petite voix :

— Bonjour, je suis un nouveau stagiaire. Je ne sais pas où je dois aller…

— Ha, bonjour ! C'était monsieur… Oleander ?

— Non, je crains qu'il s'agisse de moi.

Albert se retourna, surpris par la voix qui était sortie de nulle part. Elle semblait appartenir au grand jeune homme qui se tenait derrière lui. Il le fixa sans le réaliser, subjugué par son apparence singulière et son regard particulier… Regard qui semblait lui être destiné, et qui était encore moins aimable que celui de la secrétaire. L'inconnu finit par se détourner de lui, pour se pencher au-dessus du bureau en tenant sa carte d'identité à deux mains, le plus poliment du monde.

— Oleander, enchanté. Je suis en stage à partir d'aujourd'hui. J'espère que vous pourrez compter sur moi.

— Bien sûr, bien sûr ! Tu peux aller attendre dans la petite salle, sur la droite. Le patron, monsieur Bougier, va venir t'y retrouver.

Le jeune homme se dirigea dans la salle d'attente, il poussa volontairement Albert qui trébucha en tentant de l'esquiver. Cet autre stagiaire avait un problème avec lui, et il ne savait pas pourquoi. Déjà agacé par son début de journée chaotique, il voulut lui courir après pour lui demander ce qu'il se passait, mais l'agente du bureau le rappela :

— Et donc, vous êtes ?

— Ortie, Albert.

— Ah, oui, le stagiaire qui n'était pas prévu. Tu peux aller dans la même salle.

Il s'y rendit en traînant des pieds. Son nouveau collègue y était encore, les yeux clos, assis sur une des chaises en paille. Albert aurait pu le confronter, ou se venger en lui shootant dans le pied. Il préféra l'admirer en cachette, planté dans l'encadrement de porte. Le jeune homme était vraiment plus grand que lui, environ un mètre quatre-vingt-dix. Il était rare qu'Albert se sente petit, c'était donc un sacré choc. Il ne se souvenait plus de la couleur de ses yeux, mais il revoyait dans son esprit leur amertume, que de longs cils sombres adoucissaient involontairement. Il constata des éclats de cannelle sur ses joues couleur de miel : Albert avait toujours trouvé très jolies les taches de rousseur. Sur ce visage doux, elles ressortaient comme des éclats sur une pierre d'ambre. La peau de cet autre stagiaire avait un ton doré tout à fait unique. Ses cheveux étaient légèrement ondulés, ils retombaient sur ses épaules en boucles subtiles.

Si Albert était très fier de ses cheveux blonds, il restait forcé d'admettre que la couleur châtaine à reflets roux du jeune homme était presque aussi belle. Il ne parvenait plus à tourner la tête, il était sous le charme de cette beauté androgyne. Il n'avait jamais vu un garçon pareil. Le stagiaire ouvrit les yeux et, cette fois, il se fit la réflexion qu'on ne l'avait jamais regardé avec un tel regard non plus. Le jeune garçon était d'une beauté à couper le souffle, mais ses yeux obsidienne aux paupières tombantes lui donnaient un air effrayant. Il avait des yeux sanpaku, des yeux qui avaient pour réputation de porter malheur. Albert se sentit mal à l'aise sous ce regard, et il finit par baisser les yeux. Il remarqua au passage que le garçon portait sa veste très large, les manches tombaient sur une paire de gants en daim usée. Il faisait chaud dans le cabinet, si chaud que la secrétaire qu'il voyait de loin était en robe à manches courtes. Lui-même n'avait qu'une envie, c'était de retirer sa veste de costume. Le jeune homme devait mourir de chaud… Artie songea honteusement qu'il aurait aimé le voir sans cette veste dans laquelle il semblait perdu. La voix tonitruante d'un nouvel arrivant le fit sortir de ses pensées inappropriées.

— Monsieur Ortie ! Monsieur Oleander ! Bienvenue !

Leur patron était un homme petit et tout en rondeurs, avec un sourire chaleureux en dessous de sa moustache grise : la voix allait avec le personnage. Il les accueillit avec bienveillance, et leur présenta chaque membre de leur équipe un par un. Petit à petit, Albert se sentit plus serein… C'était sans compter sur le dernier agent qu'ils rencontrèrent, qui éclata de rire en entendant leurs noms.

— Et vous espérez que je retienne ces noms-là ? Je vais rire à chaque fois, ce n'est pas possible !

Malgré cet irrespect, Oleander garda un sourire doux en serrant sa main. Albert se sentit bouillir, il ouvrit la bouche pour répondre à cette moquerie… Le patron se mit à son tour à rire, et il donna une grande tape dans le dos d'Albert, lui arrachant un souffle sans paroles.

— Tu as raison Didier ! On va leur trouver un petit surnom, aux nouveaux ! Qui n'en a pas ici ? Je propose Artie pour Albert Ortie. Simple, court et efficace.

— Si on y va pour la facilité, toi, tu seras Oli.

Le patron acquiesça en donnant cette fois une tape à Oleander, qui fronça instantanément les sourcils en se mordant la lèvre. Il reprit son expression avenante en une seconde. Pourtant, Albert avait eu le temps de constater cette grimace. Apparemment, son collègue était fragile. La tape n'avait pas été si violente, tout de même. Cette information lui fit plaisir, il gloussa avec dédain. Oleander lui lança un autre regard assassin.

Monsieur Bougier leur fit le reste de la visite, puis il les appela un par un dans son bureau pour finaliser les formalités administratives. Oli passa plus d'une heure dans le bureau, et lorsqu'il en sortit, le patron lui tapota le bras en lui tendant un beau badge flambant neuf.

Lorsque vint son tour, Artie se para de son meilleur sourire… Il le perdit en quelques minutes.

— Albert Ortie. Voilà ton dossier, ne le perds pas. Ta mère nous a tout transmis, donc tu peux juste signer le contrat et commencer ta journée. Nous avons un grand besoin de trier le local de ménage…

— Trier le local ? demanda Artie, surpris.

— Tu verras, ça va te familiariser avec l'agence ! Après tout, c'est en connaissant les locaux qu'on connait son entreprise ! lui répondit le patron en le congédiant d'un geste de la main.

Artie ne voyait pas en quoi trier un local allait lui apprendre à vendre des appartements. Il s'attela cependant à la tâche, le prenant comme une forme de bizutage. En voulant ouvrir la porte du local, il réalisa que le patron ne lui avait pas remis de badge ; il irait le réclamer plus tard.

Le reste de la journée, il tria encore deux autres pièces, et se fit à son nouveau surnom qu'il n'appréciait pas, mais qui finalement ne sonnait plus si mal après huit heures à l'entendre. Il avait soigneusement évité de croiser de trop près son nouveau collègue aux yeux tristes, un pressentiment lui intimait de ne pas s'en rapprocher… Dans tous les cas, il l'avait à peine aperçu, assis derrière le même bureau que Didier qui lui montrait quelque chose.

Il rentra chez lui avec le bus, cette fois. La journée avait été bien trop longue, il était épuisé. Il soupira en arrivant sous le porche : il avait presque oublié à quoi ressemblait son nouveau chez-lui. Son petit logement avait le charme d'un cottage, mais pas le côté fonctionnel des appartements de la ville. Albert trouvait la maisonnette mignonne, avec son toit en tuiles rouges, ses murs couverts de lierre et son petit porche vitré. Il n'y avait qu'une pièce qui combinait séjour et cuisine, un plan de travail séparait les deux coins et la salle de bain était au fond. Albert n'avait pas pu amener tous ses meubles, aussi le canapé convertible en velours rouge et la table de salon en bois de noyer étaient compris dans son loyer. La cuisine était aménagée, les placards étaient décorés de jolies fleurs peintes à la main sur un fond vert d'eau, et le plan de travail était marqué par des coups d'ustensiles. Le sol était authentique, en tomettes cuivre qui étaient froides sous ses pieds sensibles. Il avait ramené son tapis beige à motifs géométriques qui ne se fondait absolument pas dans ce décor vintage. Albert était plutôt adepte des décorations modernes, minimalistes. La petite maison ne lui correspondait pas du tout, il ne s'y sentait pas encore chez lui. Il avait d'abord refusé d'y séjourner, et avait cherché partout alentour un appartement plus spacieux ; sans succès. Dans cette campagne, il n'y avait pas d'immeubles. Qu'allait-il apprendre dans son agence immobilière s'il n'y avait aucun bien à promouvoir ?

Il retira ses chaussures en cuir, soufflant en voyant l'état de ses orteils : il avait récolté de belles ampoules. Un bain lui ferait le plus grand bien. Il enjamba sa valise qu'il avait laissée ouverte dans le passage, et passa dix minutes à régler la température de l'eau en jonglant entre les deux robinets. Enfin plongé dans l'eau un peu trop chaude, il se laissa aller à rêvasser de sa journée. Ses collègues n'étaient pas tous des vieux fermiers, finalement. Oleander avait piqué sa curiosité ; il se demandait bien ce qu'il avait pu faire pour piquer sa colère. Il avait beau revenir en arrière, il ne se souvenait pas avoir agi d'une façon qui eut pu l'énerver. La première chose qu'il avait remarquée avaient été ses yeux sombres sur son visage si lumineux. Un contraste saisissant qui l'avait hypnotisé. Il avait malgré cela en horreur la méchanceté gratuite, il ne pouvait pas tolérer son attitude hautaine. Il se fit la promesse de ne pas être mêlé à ce collègue décidément trop désagréable. Il finit de se laver en insultant les robinets qu'il ne parvenait pas à régler correctement, puis il alla se coucher sans manger, épuisé par ce premier jour de boulot. Dans ses rêves, des yeux sanpaku le suivaient alors qu'il courait dans la forêt, évitant cercles de champignons qui piégeaient son trajet.

Fairy Ring!

Chapitre 2

Brioche fourrée

Artie n'avait pas entendu son réveil. Lorsqu'il allait en classe, il avait du mal à se lever dans les temps, et bien souvent il arrivait après tout le monde, se faisant réprimander sans grande crédibilité par ses professeurs résignés. Il ne s'était jamais vraiment forcé à corriger cette mauvaise habitude. Ce matin-là, elle lui avait porté préjudice. Il était arrivé au travail échevelé, l'haleine de la nuit flottant dans son souffle désaccordé, et les yeux bouffis. Il avait eu un bus, fort heureusement, mais n'avait pas eu le temps de prendre un petit déjeuner. Il avait attrapé en hâte une brioche fourrée dans le paquet posé sur le plan de travail, et n'avait désormais qu'une pensée en tête ; pouvoir la manger assis à son bureau… Il comprit bien vite que son planning serait différent.

Didier, le collègue qui leur avait attribué leurs surnoms, était son maître de stage pour la journée, en l'absence du patron. Il avait du mal à apprécier la personnalité hautaine et intransigeante de ce collègue, aussi ne passa-t-il pas une bonne matinée. Pour parfaire le tout, il avait été assigné à une tâche absolument enrichissante… Trier les archives de l'agence. Apparemment, l'archivage n'était pas fait régulièrement, et les cartons débordaient de dossiers mis de côté sans même les avoir agrafés. Artie avait donc passé quatre heures à remettre des attaches sur les feuillets mélangés. Il s'était planté une agrafe dans le bout du doigt en remettant une recharge, son sang avait taché la manche de sa chemise blanche. S'il avait su qu'il passerait son temps dans les stocks, il aurait porté autre chose. Il savait bien qu'il n'était pas le favori, ayant dû réclamer sa place après les dates des demandes, suppliant pour être pris. Il regrettait ses sorties au bar, à chercher l'amour plutôt qu'un stage.

Quelqu'un poussa la porte, juste au moment où il lâchait un énorme juron en lâchant une pile de dossiers sur la table. Le silence qui suivit dura une bonne minute, et fut brisé par la voix grave d'Oli qui venait de rentrer dans la réserve.

— Je vois que tu t'amuses bien.

— Bonjour à toi aussi.

Artie releva la tête pour aviser son collègue, qui portait aujourd'hui une chemise ivoire sous un gilet sans manche vert sapin. Les vêtements étaient, cette fois encore, beaucoup trop grands pour lui. Cependant, au lieu de lui donner l'air négligé, cela dégageait une énergie très moderne, un style digne des modèles dans les magazines. Oli se tenait droit comme un piquet, ses cheveux chatouillant le col de sa chemise. D'apparence, il était « tout comme il faut ». Tout comme il fallait, sauf ses yeux noirs qui regardaient désormais Artie avec dédain, le faisant se sentir tout petit et pataud. Artie n'avait toujours pas bien saisi la lueur qui brillait dans les yeux de son charmant collègue. Elle oscillait entre haine et curiosité. Il épousseta ses cuisses pleines de poussière, ce qui provoqua un éternuement contrôlé chez Oli qui protesta avec une grimace :

— Attention à ce que tu fais ! On n'est pas tous destinés à se rouler dans la saleté comme toi.

— Je te demande pardon ? se vexa instantanément Artie, piqué.

— Tu as un mouton de poussière dans les cheveux.

Artie passa la main dans ses mèches dorées, récupérant au passage le mouton en question. Le rouge lui monta aux joues, mais cela ne l'empêcha pas de répondre sur un ton désagréable :

— Au moins, je fais mon travail. Qu'est-ce que tu fais ici, tu as du temps à perdre ?

— Au contraire, je suis sur une annonce. Le bien a été remis en vente, et je veux voir comment mon prédécesseur avait rédigé l'ancienne… Mais tu ne comprendrais pas. Ce sont des capacités qui dépassent celle de manipuler des agrafeuses.

Artie serra les dents, ne rétorqua plus ; il fallait dire que l'expression fière d'Oli, son petit rictus sarcastique qui lui allait trop bien, rien ne laissait place à la moindre réponse. Il se contenta de refaire correctement sa pile, tandis qu'Oli fouillait dans les archives qu'il avait déjà réorganisées. Ils s'ignoraient complètement, pourtant très conscients de la présence de l'autre dans la pièce. Artie voulut couper un carton avec son cutter, il fouilla dans sa poche… L'outil n'y était plus. Il se souvenait pourtant de l'avoir remis dans la poche arrière de son pantalon à pinces. Il commença à chercher autour de lui, sur la table, au sol… En vain. Épuisé de sa matinée fade, frustré de la disparition de son matériel, il se décida à faire une pause et attrapa sa veste qu'il avait posée sur une chaise, afin de récupérer la petite brioche…qui n'y était pas. Des larmes vinrent border ses paupières, il cligna plusieurs fois des yeux en soufflant fort, pour éloigner son agacement. Il n'eut pas le temps de se calmer avant de sentir sa colère prendre feu dans ses poumons, lui coupant le souffle, quand Oli prit la parole une fois de plus :

— Tu cherches quelque chose ?

Il lui souriait, le sourire le moins sincère qu'Artie avait vu au cours de sa courte existence. Oli tenait dans sa main un cutter bleu, sali de restes de rubans adhésifs tout gris, et sur lequel était inscrit au marqueur un nom de famille peu courant… « Ortie ». Il se précipita vers lui, lui arrachant l'outil des mains. La lame émoussée du cutter semblait encore bien fonctionnelle, puisqu'elle trancha le cuir du gant d'Oli, qui fit un brusque mouvement de bras pour s'éloigner de la désormais arme que tenait Artie dans son poing serré.

— Qu'est-ce que tu fais au juste ?!

— Je n'ai pas fait exprès. En même temps, tu n'avais qu'à pas me prendre mes affaires…

Artie avait beau lui tenir tête, il s'en voulait. Il chercha à apercevoir sa main, pour s'assurer que la plaie n'était pas profonde. Oli l'avait cachée dans son dos.

— Montre-moi ta main. Je vais t'aider à soigner ça, reprit-il d'une petite voix.

Oli ricana, puis éclata de rire. Artie, incrédule, le regarda rire à gorge déployée, une main dans le dos, l'autre crispée sur sa hanche. Son éclat s'arrêta net alors qu'il se pencha vers lui, l'amusement colorant ses traits de tons roses délicats :

— Tu ne vas pas me soigner, non. Par contre, tu vas regretter d'avoir fait ça.

Artie se figea en sentant son souffle contre sa joue. Le jeune homme avait murmuré sa menace tout près de son oreille, sa voix rauque portait les vestiges de son rire. Il ne bougea pas d'un millimètre quand Oli s'éloigna, et attrapa nonchalamment le dossier qui traînait sur la table, avant de sortir de la pièce en souriant. Il réalisa qu'il avait oublié de respirer lorsqu'il se mit à tousser. La dernière bouffée d'air qu'il avait prise portait le parfum d'Oleander, un alliage de pétrichor et d'encens.

Comme tiré d'un long sommeil, il lui fallut quelque temps pour se remettre de ses émotions. Finalement l'heure du déjeuner arriva, mais sa brioche ne réapparut pas. Condamné à retourner chercher de quoi manger au village durant la courte demi-heure qu'il avait à disposition, il abandonna son cutter sur la table à côté des dossiers bien rangés.

Oli avait appris à coudre très tôt. Sa mère leur confectionnait leurs vêtements lorsqu'ils étaient enfants, les commerces ne proposant aucun vêtement qui pourrait cacher leurs ailes sans les comprimer. Ce n'était pas évident d'élever de jeunes fées dans le monde moderne. Ils n'allaient pas à l'école, et tout ce qu'ils apprenaient venait de traditions et de légendes qui couraient de génération en génération. Leurs parents avaient donc eu la mission de leur apprendre à lire, écrire, cuisiner, confectionner des remèdes à l'aide des végétaux, chaparder les affaires des humains sans jamais se faire avoir, voler… et coudre.

La couture était chez les fées presque aussi importante que la médecine ou la cuisine : il s'agissait des apprentissages de survie indispensables à une fée en mission. L'aîné de la famille avait montré à son frère comment recoudre une aile, après que leur mère eut fini de leur apprendre comment coudre des vêtements : elle n'avait pas voulu l'apprendre elle-même à son fils cadet, elle avait déjà perdu tout espoir de le voir s'améliorer. Pour coudre une aile, la technique était la même que pour du tissu, le niveau de difficulté pas vraiment. Dans le cas d'Oli, savoir recoudre une aile n'avait que peu d'intérêt. Ce n'était pas comme s'il pouvait voler de toute façon. En revanche, ce jour-là, il se considérait chanceux de savoir recoudre son gant.

Il avait senti son cœur s'arrêter un instant lorsque le cutter avait transpercé la matière. Si Artie avait vu sa main… Non, il préférait ne pas y penser. Il acheva son ouvrage en quelques minutes, et rangea l'aiguille dans son portefeuille. La couture était presque invisible sur le gant, il paraissait comme neuf. Dans le doute cependant, il en rachèterait une paire. Il savait qu'Artie n'avait pas fait exprès de le « blesser ». Il avait paniqué, et sa réaction avait montré sa vulnérabilité. Oli se prit la tête entre les mains, et secoua ses cheveux ondulés en se blâmant mentalement. Il aurait dû faire plus attention. Il n'avait pas pu s'empêcher de narguer son jeune collègue, pour l'irriter. Ses réactions le divertissaient. En se penchant pour ramasser sa sacoche pour retourner dans son bureau, il entendit un bruissement dans sa poche. Il en tira une brioche un peu écrasée, qu'il avait complètement oubliée. Il hésita un instant, avant de déchirer l'emballage... Des pas lourds l'interrompirent, et le visage rond d'Artie se profila dans l'encadrement de porte :

— Didier te cherche. Apparemment tu dois voir quelque chose avec lui pour ton dossier.

— J'arrive.

Il s'était débarrassé en hâte de la brioche en la jetant derrière l'étagère.

— Dis... ça va quand même, ta main ?

— Laisse tomber.

— Je voulais vraiment pas te faire mal, hein.

Oli voulut répondre méchamment, il changea d'avis devant l'air coupable d'Artie. S'il savait...

— C'est bon. J'ai rien.

— Okay…

Il voulait qu'il parte. Qu'il quitte la pièce le plus rapidement possible. Parce que l'odeur sucrée de son parfum lui faisait penser à sa boisson favorite. Parce que son visage innocent lui rappelait la délicatesse d'un pétale. Parce qu'il ne voulait pas commencer à l'apprécier. Plus spécifiquement, il ne pouvait pas se permettre de l'apprécier. Il le bouscula en sortant de la salle, son épaule heurta la sienne avec une force qui le poussa contre le mur. Artie réagit en lui adressant un majeur bien tendu, dans son dos. Oli ne se retourna pas : il regrettait simplement de ne pas avoir pu manger la brioche.

Fairy Ring!

Chapitre 3

Conte de fées

En une semaine, Albert avait appris à trier des dossiers. C'est tout. Aucune annonce ne lui avait été confiée, pas une visite, il avait simplement rangé des enveloppes par ordre alphabétique. Il s'ennuyait. Chaque soir, en rentrant dans son petit cottage, il recherchait d'autres offres de stage, mais le secteur était bouché, il n'y avait aucune nouvelle opportunité. Il était encore en train de mettre des vieux dossiers dans des cartons, il avait passé la matinée à le faire. C'était à se demander comment il était possible d'avoir autant de retard sur la gestion des archives. Ce n'était pas très professionnel. Albert était également jaloux, terriblement jaloux. Oleander avait déjà effectué trois visites en une semaine, pour lesquelles il avait préparé tout le dossier et mis en ligne l'annonce. Cette injustice le rendait aigri. L'autre stagiaire était privilégié, c'était évident. Albert se demandait bien pourquoi.

Certes, Oleander avait un sourire permanent, il s'exprimait avec habilité et était un exemple de politesse… Tout cela n'était qu'une façade. Albert, lui, avait vu sa vraie personnalité ; et elle était détestable. Chaque matin, après un vilain regard, le jeune homme le bousculait en passant dans le couloir. Tous les midis, Albert cherchait en vain son dessert dans son sac ; dessert qui semblait disparaître mystérieusement. Il avait également « perdu » un bracelet, son stylo favori, son carnet pour prendre des notes et le porte-clefs qu'il gardait accroché à son trousseau. Il savait qu'Oleander était le coupable. Il n'avait aucun doute là-dessus. Le jeune homme lui adressait des coups d'œil fiers lorsqu'il le voyait fouiller désespérément dans sa sacoche ; comme satisfait de son méfait. Il n'avait simplement pas encore de preuve pour l'accuser, donc il taisait ce soupçon et passait la journée en colère. Il était justement en train de songer à ce cas de harcèlement immature quand la porte de la réserve s'ouvrit sur un visage délicat.

— Encore en train de ranger du papier ?

— Encore en train de tourner en rond ? Si tu t'ennuies, il reste tous ceux de l'année dernière, là-bas.

Oleander le poussa pour aller fouiller sur les étagères. Il semblait avoir quelques difficultés à attraper les minces feuilles avec ses gants.

— Monsieur n'ose pas toucher le papier avec ses mains ? Tu as peur de te couper ?

— Je ne veux pas toucher ce que toi, tu as touché, cracha Oli.

Albert, outré, se releva brusquement. Il avança vers son collègue, les poings serrés… et trébucha sur une pile de documents qu'il avait posée par terre en attendant de pouvoir la ranger. Il se sentit partir en avant, vit se rapprocher le dos d'Oleander… Qui se retourna vivement, lui faisant face alors qu'Albert lui tombait dans les bras. Il le rattrapa d'une seule main.

— Ça va pas ?! Tu fais quoi, là ?

— Je suis tombé. Je n'ai vraiment, mais alors vraiment pas fait exprès.

Le jeune homme le repoussa maladroitement, rouge comme une pivoine. Il semblait réellement mal à l'aise. Albert ne put s'empêcher de le charrier de nouveau.

— Et bah dis donc, si j'avais su que je te faisais tant d'effet !

— Ne te fais pas de faux espoirs.

— Je constate, c'est tout.

Oleander abandonna sa recherche, et quitta la pièce sans rien ajouter. Albert, en le regardant partir, remarqua qu'il courbait le dos. Il oublia cette constatation, encore agacé par la réflexion du grand châtain. Gardait-il vraiment ses gants pour ne pas toucher ce que les autres avaient manipulé avant lui ? Était-il germaphobe ? Ou simplement tellement imbu de sa petite personne qu'il se considérait trop pur pour partager le moindre contact avec autrui ? Artie était probablement influencé par ses autres doutes, il décida donc que la seconde option était probablement la bonne. Il était content que sa colère occupe son esprit ; cela lui évitait de penser au fait que son cœur avait raté un battement lorsqu'il était tombé sur son collègue. Ou au fait que son odeur musquée, entre terre mouillée et bois de santal, ne voulait pas quitter son nez.

Il rangea le reste des documents dans une humeur noire, et toucha le fond à la pause déjeuner quand il remarqua l'absence de son dessert une fois encore. Ne supportant plus la situation, il prit la décision d'aller exprimer sa frustration auprès des personnes concernées ; à commencer par son patron, qu'il retrouva dans son bureau en train de dévorer une boîte de viennoiseries.

— Monsieur Bougier.

— Artie ? Je peux faire quelque chose pour toi ? lui demanda le patron en soupirant, sans doute déçu de ne pas pouvoir finir ses gâteaux.

Artie regretta instantanément son impulsivité. Comment pouvait-il amener la chose de façon professionnelle, et sans se mettre dans l'embarras ? Il ne pouvait pas se permettre de perdre ce stage, il n'avait aucune autre option.

— Oui, enfin… Je voulais savoir s'il y avait un dossier sur lequel vous vouliez que je travaille ? J'ai pensé que…

— Tu as déjà fini de ranger l'archivage ? le coupa monsieur Bougier, agacé.

— Non, mais je pensais peut-être que…

— L'archivage, c'est une priorité. Il n'y a pas besoin de ton aide sur autre chose pour l'instant. Merci, Artie.

Finalement, il ne regrettait plus d'être venu. La réaction de son supérieur ne lui plut pas. Il prit une inspiration, prêt à lui conter tout ce qu'il avait sur le cœur… Quelqu'un toqua à la porte qui était déjà grande ouverte.

— Monsieur Bougier, voilà le planning des visites pour la maison que vous m'avez laissé gérer.

— Ha, Oli, merci beaucoup ! J'ai un nouveau dossier qui s'est libéré, avec le congé maternité de Salomé. Si tu veux t'en charger…

— Pardon ? ne put s'empêcher de s'exclamer Artie.

Il était absolument outré. Il n'avait jamais ressenti pareille injustice, et il n'était pas le genre de personne qui se laissait marcher sur les pieds sans réagir. Il bouillonnait, prêt à lancer de grands cris aigus, métamorphosé en une bouilloire qui arrivait à température. Il posa la main sur le bureau pour s'avancer, un bras se mit juste devant lui et l'empêcha de se pencher en avant. Il releva vivement le regard, furieux. La voix tranquille d'Oleander reprit sa place dans la conversation.

— Ça serait avec plaisir. Cependant, je pense que je pourrais avoir besoin d'un coup de main, vous savez…

Il hésita, son visage se tordit en une expression qu'Artie ne comprit pas vraiment : de la honte, ou de la douleur ?

— Vous savez pourquoi, finit-il pas dire, les yeux rivés sur le sol.

— Ah, oui, oui, je vois. Eh bien, je peux demander à Christophe, mais il ne sera pas dispo tout de suite, sinon j'ai…

— Je peux peut-être voir avec Albert ici présent ? Je pense qu'il a dû apprendre plein de choses dans la réserve.

Artie ignora la pique qui lui était lancée. Il était trop choqué pour réagir. Pourquoi est-ce qu'Oli voulait travailler avec lui ? Était-ce une autre façon de le faire se sentir misérable ? Il ne comprenait pas pourquoi le jeune homme lui venait en aide, mais il n'allait pas s'en plaindre pour l'instant : il ferait en sorte de faire jouer cela en sa faveur, Oli ne lui faisait pas peur. Il acquiesça vivement, à deux doigts de se briser la nuque en hochant la tête. Le patron accepta avec réticence, après un dernier sourire d'Oleander. En sortant du bureau, ce dernier lui adressa son habituel regard noir, et lui marcha volontairement sur le pied. Artie ne savait plus s'il devait lui être reconnaissant ou le détester plus encore. Pour l'heure, il était surtout impatient d'enfin se lancer dans sa première vente immobilière.

Artie avait troqué son trois-pièces gris pour un pull-over en cachemire vert émeraude sur un pantalon en velours côtelé terracotta. Il avait remarqué un jour que cette couleur faisait ressortir le chocolat de ses yeux, ainsi que le doré de ses mèches. Il avait passé l'été à refaire sa garde-robe afin de la remplir de tons verts, persuadé que cela lui vaudrait des compliments de la part des femmes qu'il croisait en soirée… Hélas il n'avait pas reçu de compliments sur ses nouveaux pull-overs ; bien qu'il en ait reçu d'autres pour son humour très second degré.

Il n'avait pas revêtu ce vêtement pour impressionner la vieille secrétaire de l'agence, ni d'ailleurs pour impressionner qui que ce soit. Il se sentait soulagé d'enfin pouvoir travailler sur un dossier du début à la fin, alors il voulait se sentir aussi rayonnant physiquement qu'il se sentait rayonner intérieurement. Pour parfaire sa tenue, il avait ajouté une écharpe qui lui venait de sa chère mère, qui avait participé à son renouvellement de garde-robe ; tout en tentant tant bien que mal de protéger son fils du froid de la campagne.

Il savait qu'elle n'aimait pas le savoir loin, sans pouvoir vérifier s'il mangeait correctement, ou s'il prenait les vitamines qu'elle avait emballées dans l'écharpe lorsqu'elle l'avait aidé à faire son sac. Ses parents lui manquaient souvent, ces derniers temps, malgré quelques coups de téléphone souvent initiés par sa maman. Il aurait aimé rentrer et se plaindre de ses journées terriblement longues… ou de son charmant collègue.

Oli ne l'avait pas contacté pour lui indiquer l'heure de rendez-vous. Artie attendait donc seul devant un haut portail en fer forgé, dans le froid. Il avait jeté un coup d'œil à la façade de la maison, et avait de suite compris que vendre un pareil bien n'allait pas être une mince affaire. Les fenêtres étaient sales, certaines étaient brisées. La façade était en grande partie cachée sous des lianes de lierres voraces, et les tuiles du toit, autrefois orangées, étaient vertes de mousse. Le lieu ne manquait pas de charme... mais il y avait du boulot.

En premier lieu, il leur fallait visiter le lieu qu'ils allaient promouvoir, afin de prendre les photos nécessaires à la mise en ligne de l'annonce. De ce qu'Artie avait déjà vu, le bien était un vieux manoir qui avait besoin de sacrées rénovations pour être habitable... Mais qui semblait présenter un bon potentiel. Lui qui était plutôt habitué aux appartements et lofts des grandes villes, il n'avait jamais eu à mettre en valeur une vieille bâtisse insalubre. Il redoutait un peu la visite, autant qu'il l'attendait. Il était d'ailleurs arrivé en avance, du moins c'est ce qu'il conclut après cinq minutes dans le froid sans aucun signe à l'horizon de l'arrivée de son collègue. Il aurait été plus intelligent d'échanger leurs numéros. Ils ne l'avaient pas fait.

Artie n'avait d'ailleurs pas recroisé son collègue après son éclat dans le bureau de leur patron. Il s'était souvenu en y repensant de la réflexion étrange qu'Oli avait faite en s'adressant à leur supérieur... Quelque chose qui le poussait à devoir demander de l'aide ? Qu'est-ce que cela pouvait bien être ? Est-ce que cela avait à voir avec les gants qu'il ne quittait pas ?

Artie trouvait une satisfaction étrange à se dire qu'Oli, sous ses grands airs, était juste un jeune homme fragile et sensible. Il en riait encore tout seul quand l'autre stagiaire arriva enfin, portant un manteau en laine moutarde dix fois trop grand pour sa silhouette longiligne. Artie leva les yeux pour les détourner aussitôt. Il avait encore quelques difficultés à regarder ses pupilles tristes. Ils s'adressèrent à peine un bonjour, Oli était déjà en train de fouiller dans sa sacoche.

— Je suppose que tu as récupéré le dossier qui était sur ton bureau ?

— Mon bureau ? Quel bureau ? Artie écarquilla grands ses yeux chocolat, perdu.

— Celui de ta chambre ? Je parle bien sûr de celui du travail.

Personne ne lui avait assigné d'emplacement au travail. Il avait une petite place sur une étagère dans la salle de pause, pour poser ses affaires. Oli avait un bureau ? Il trouvait presque cela drôle tant c'était ridicule.

— Je n'ai pas de bureau. Je n'ai pas de casier, non plus. Et si tu veux tout savoir, je n'ai pas de badge nominatif, on m'a donné celui de l'ancien stagiaire en attendant, déblatéra Artie, plein d'amertume.

— Pardon ?

Soudainement, Oli eut l'air en colère. Artie se permit un haussement de sourcils, confus : il aurait dû être ravi de cette injustice, lui qui adorait le ridiculiser. Il lui tendit le dossier en tournant les talons, les feuilles manquèrent de s'envoler lorsqu'il les lâcha sans vérifier qu'Artie les tenait déjà dans sa main. Ce dernier se mit à trottiner pour le rattraper, il avait déjà passé le grand portail en fer forgé qui annonçait l'entrée de la propriété. Oli s'arrêta si brutalement qu'il lui rentra dedans, sa tête heurta le creux de ses omoplates. Il fut perdu un instant : qu'avait-il senti bouger dans son dos ? Un os ? Il se frotta le front en ajoutant une nouvelle hypothèse à la liste des problèmes dont pouvait être atteint son collègue : était-il bossu ?

Avait-il une malformation ? Il n'allait certainement pas le lui demander. Encore moins en cet instant, alors qu'Oli grimaçait en se tenant le dos.

— Je suis désolé de t'avoir fait mal, mais tu t'es arrêté d'un coup et j'ai pas vu que…

— C'est bon. Ne me touche plus. Compris ?

Il avait l'air paniqué, plus qu'en colère. Artie hésita à s'excuser à nouveau, mais l'expression dégoûtée de son collègue le poussa à répondre moins gentiment.

— Crois-moi, je ne voulais pas te toucher, lui lança-t-il en imitant son dégoût.

Il mentait. Il aurait aimé revenir caresser son dos afin d'identifier l'excroissance qu'il avait sentie. Il retint son mouvement et le redirigea pour prendre son stylo dans sa poche… Il ne le trouva pas. Il était persuadé de l'avoir avec lui, il s'était amusé à le faire tourner entre ses doigts en attendant Oli. Il vit alors son compagnon sortir un stylo de sa poche ; un beau stylo bleu et rouge à l'effigie d'un musée du centre-ville… et évidemment pas celui du village.

— Mon sty…

— N'oublie pas de noter les prises électriques, tu risques d'oublier sinon.

Il resta pantois. Oli dut se courber un peu pour ouvrir la porte, le battant de bois lourd grinça en râpant le parquet. Artie passa du choc à l'émerveillement en découvrant le manoir. Le carrelage en damier noir et blanc était brisé sur quelques carreaux… La poussière qui s'était amassée sur les fissures semblait presque les avoir rebouchées. Les fenêtres étaient condamnées à l'aide de planches de bois pourries, quelques rayons de soleil les transperçaient et venaient se réverbérer sur le lustre immense au plafond, dessinant de nombreux arcs-en-ciel sur les murs. Artie s'amusa à les compter en admirant le papier peint fleuri et la peinture dorée de la rambarde des escaliers qui s'écaillait. La pièce était immense ; vide. Les anciens propriétaires avaient embarqué avec eux la totalité du mobilier, seuls restaient les chandeliers en fonte et les lustres précieux.

Oli n'eut pas l'air bien émoustillé par le grand manoir, il avait déjà commencé à faire le tour de la pièce et griffonné un schéma grossier afin d'y noter les emplacements des prises, des lampes et des ouvertures. Artie n'aimait pas les décorations vintage, mais il ne pouvait pas mentir : cette propriété avait quelque chose de magique et d'inquiétant tout à la fois. Un fantôme aurait pu surgir d'entre les murs, pour parfaire cette atmosphère... Aucun esprit ne se décida à montrer le bout de son nez. Artie avisa l'air concentré d'Oli, un sourire espiègle se posa sur ses lèvres alors qu'il avançait vers lui sur la pointe des pieds…

— Bouh !

— Idiot !

Il avait laissé échapper son stylo en sursautant. Il chercha à le rattraper, pour quelques raisons il ne parvint pas à le ramasser. Artie se dépêcha de le récupérer, fier de sa plaisanterie. Son collègue n'avait vraisemblablement pas trouvé cela très amusant. Il se redressa, fulminant.

— Je sais pas ce que tu cherches à faire mais j'ai pas ton temps. On est ici pour travailler, d'accord ?! Donc si tu veux pas bosser, la porte est grande ouverte !

Artie aurait voulu répondre, mais à cet instant précis, il avait remarqué quelque chose de plus intéressant que leur petite bagarre. Pourquoi attendait-il un fantôme pour habiter le décor alors qu'Oleander était ici ? Dans l'ombre du vieux bâtiment, les cheveux tombant sur ses épaules et les yeux malheureux, il aurait tout aussi bien pu être un aristocrate de l'époque victorienne. Le doré de sa peau s'alliait avec celui des cadres au mur, il se tenait droit devant les grands escaliers, comme s'il s'agissait de sa digne place depuis toujours. Artie avait du mal à ne pas s'en vouloir quand il le trouvait beau. Il le trouvait beau. Avec ses paupières tombantes, ses taches de rousseur et sa moue agacée.

Artie avait été bercé de contes de fées, en grandissant. Il n'y croyait pas sérieusement, et pourtant, face à Oli, il aurait juré être dans l'un de ces contes, devant un roi des elfes ou un prince de fées. Est-ce que des fées avaient habité ici ? Un pareil manoir ne pouvait qu'avoir appartenu à une créature imaginaire… Il se perdit dans sa contemplation, incapable de détourner le regard.

— Qu'est-ce que tu regardes ?!

— L'escalier. Ça pourrait donner une jolie photo.

Oli ne répondit pas par des mots, il préféra lui lancer un autre regard incendiaire. Artie sentit malgré lui son propre agacement répondre à celui du jeune homme.

— Pourquoi tu m'as demandé de venir, si tu ne peux pas me supporter ?

— Tu préférais passer ta vie dans la réserve ?

— J'ai pas envie d'être ici avec toi non plus, hein. Je ne t'ai pas forcé à proposer mon nom.

Oli avait probablement envie de l'insulter. Il ne le fit pas. Un poing serré, l'autre posé le long de sa cuisse, il murmura une réponse.

— Je déteste l'injustice.

— Quoi ? réagit Artie dans un hoquet, pris au dépourvu.

— Je déteste l'injustice. La discrimination. Tout ça.

— C'est pour ça que tu m'as aidé ?

— Je ne t'ai pas aidé. J'ai juste remis de l'ordre dans les choses. Maintenant, on est sur un pied d'égalité.

Artie baissa les yeux vers son badge, qu'il gardait autour du cou, et qui affichait le nom de « Louis ».

— Je n'ai pas non plus de bureau…

— On n'a qu'à partager le mien. Je n'y suis jamais, de toute façon.

Il n'en dit pas plus. Artie était trop surpris pour réagir en retour, aussi reprirent-ils leur visite en silence. Les autres pièces étaient toutes aussi exceptionnelles, le manoir avait du cachet. Ils prirent quelques clichés avant la tombée du jour. Le reste devrait attendre une autre journée ensoleillée. Artie réclama le numéro de téléphone de son collègue pour faciliter leurs prochaines visites communes ; Oli le lui gribouilla sur un coin de feuille en manifestant grandement son mécontentement.

Les deux jeunes hommes n'avaient pas vu passer l'heure et, lorsqu'ils mirent le pied à l'extérieur, les lampadaires de la route étaient déjà allumés. Artie eut une pensée horrible en marchant vers l'abribus, il se mit à courir pour regarder les horaires… Il avait raison : le dernier bus était déjà passé depuis une bonne demi-heure. Oli avait déjà pris la direction opposée, vers la forêt. Artie n'hésita qu'une demi-seconde avant de lui courir après, suppliant.

— On rentre ensemble ?

Chapitre 4

Le chant du vent

Artie avait quelques regrets. Il avait décidé de rattraper Oli sur un coup de tête, sans songer à ce que serait le trajet à ses côtés. Le silence était si pesant qu'il sentait sa nuque se courber sous son poids. Oli n'avait pas répondu à sa demande, il ne lui avait d'ailleurs adressé ni parole ni regard. Jamais Artie ne s'était senti invisible de la sorte. C'était une sensation très désagréable que d'avoir l'impression d'être un fantôme. Il toussota pour attirer son attention, Oli n'eut aucune réaction. La nuit tombait, la forêt pourtant très accueillante de journée devenait menaçante avec le crépuscule. Artie ne pouvait s'empêcher de penser aux secrets qui pouvaient se tapir dans l'ombre, et qu'il ne voulait absolument pas avoir à découvrir. Si les ruelles sombres de la ville ne lui faisaient plus peur après des années à devoir les traverser en revenant de ses soirées, la forêt, quant à elle, était un environnement inconnu ; et de ce fait, particulièrement dangereux. Sans le réaliser, Artie se rapprocha de son collègue qui marchait avec assurance… Il lui écrasa le pied.

— Fais un peu attention !

Il avait donc bel et bien remarqué sa présence, et l'avait acceptée sans un mot. Artie s'éloigna un peu, à peine. Il n'était pas rassuré.

— Excuse-moi, je ne voulais pas te marcher dessus mais je n'y vois rien.

— Il ne fait même pas encore nuit.

— Il fait quand même bien sombre.

— Si tu le dis.

Oli haussa les épaules en le dépassant. Il continuait d'avancer sans hésitation ; il n'avait pas trébuché une seule fois sur les racines qui leur coupaient le chemin. Artie ne pouvait qu'admirer cette aisance.

— Tu connais bien le bois, pas vrai ?

— J'ai toujours vécu ici.

— Ha.

Oli n'ouvrait pas la conversation, mais il ne semblait pas totalement fermé à la discussion. Artie prit son courage à deux mains pour en savoir davantage.

— Tu es né dans la région ?

— En effet, perspicace.

Il ignora la pique qui lui était lancée.

— Donc, tu n'es jamais sorti de ce coin ? Tu as fait tes études ici ?

— Exact.

Artie était sous le choc : quelle adolescence insipide il avait dû avoir à vivre, entre les chênes et les cottages, sans aucun bar ou aucune boîte de nuit ?

— Tu as dû terriblement t'ennuyer. Ça veut dire que tu n'es jamais sorti danser avec des potes ?

— Je suis sorti danser…

Oli affichait un sourire mystérieux. Il ne le regardait pas, alors Artie prit le temps de l'observer encore. Ses yeux mélancoliques pétillaient néanmoins d'une excitation nouvelle, le sourire qui tordait sa bouche illuminait son visage. Artie lui trouva un charme nouveau, différent de sa première impression. Là où il avait vu un jeune homme beau comme un spectre, pâle et froid, il voyait désormais une beauté féerique, douce et lumineuse. Il se remit à toussoter, non plus pour briser le silence, mais bien pour briser sa propre contemplation.

— Est-ce qu'il y a une école, dans le coin ?

— Il y a une école primaire.

— Et le reste ?

— J'ai étudié à la maison.

Il devait s'être senti si seul. Ce fut la première pensée d'Artie et elle le rendit un peu triste. L'amertume qu'il ressentait vis-à-vis de son collègue s'adoucit, comme un thé trop infusé lorsqu'on y ajoutait un nuage de lait. Il se rapprocha encore de lui, cette fois sans lui marcher sur les orteils. Oli retint son souffle, son corps se tendit.

Raide, il fit un pas de côté pour s'éloigner de nouveau d'Artie.

— Ça ne devait pas être facile, reprit ce dernier.

— Je suis habitué. Au moins, je n'avais personne qui piaillait dans mes oreilles pendant que je cherchais à travailler.

Cette pique-là, Artie ne l'ignora pas. Il lui tira la langue. Oli haussa les épaules en accélérant le pas. Artie le suivit en serrant les poings, oublia de faire attention, et se prit les pieds dans une racine. Il tomba vers l'avant, tendit les bras dans une tentative pour atténuer l'impact… Le sol irrégulier le trahit, il fut incapable de se rattraper ; il s'étala sur les feuilles mortes. Le bruit de sa chute résonna entre les arbres. Le cri que poussa Artie lui fit écho.

— Tu t'es fait mal ?

Oli s'était précipité pour le rattraper, un peu tard cependant. Artie hocha la tête, et se concentra pour se relever sans trébucher à nouveau. Il n'eut donc pas le plaisir de découvrir l'air inquiet du beau châtain, amplifié par ses yeux sanpaku. Il n'eut pas non plus le plaisir de pouvoir se relever. Sa cheville céda sous son poids alors qu'il poussait un râle de douleur. Oli avança la main, hésita brièvement, puis finit par laisser retomber son bras le long de son corps. Il lui désigna une souche en bordure de chemin.

— Adosse-toi au tronc. Attends peut-être deux trois minutes.

— Je pense que deux trois minutes ne suffiront pas... J'ai mal.

— N'exagère pas.

Artie ne se plaignait pas sans raison. Il avait pensé à retirer sa chaussure pour voir l'étendue des dégâts, mais avait secoué la tête en grognant : il serait sans doute incapable de la remettre s'il l'enlevait. Il voulut se redresser, bien conscient du temps qu'il faisait perdre à son collègue. Ce fut un échec.

— J'arrive vraiment pas à me relever.

— Ha, répondit laconiquement Oli.

Il lui tournait le dos. La nuit avait pris possession des lieux. Il semblait tendu, sur les nerfs. Artie pouvait comprendre, il aurait détesté que les rôles soient inversés et ne se serait pas gêné pour le lui dire… Il finit malgré tout par lui demander d'une petite voix :

— Est-ce que tu peux… Tu pourrais m'aider à marcher ?

— Quoi, tes parents ne t'ont pas appris à le faire ?

Il avait beau être cynique, il restait quelqu'un de juste. Artie le savait, et ne fut nullement surpris quand le jeune homme passa un bras autour de ses épaules pour le soutenir. Après quelques pas mal assurés, le contentement d'Artie s'effaça et fut remplacé par une certaine consternation. Oli parvenait certes à le tenir droit, mais le seul contact de son bras ne suffisait pas à répartir son poids. Il aurait pu utiliser ses deux bras pour mieux le supporter, sauf qu'il tenait dans sa main droite leurs deux attachés-cases. Artie ne voulait pas paraître ingrat… Il se prononça tout de même, n'étant pas du genre à garder ses réflexions pour lui.

— Je sais que tu fais de ton mieux, tout ça… Mais tu penses que tu pourrais me tenir le bras, genre ?

— Je te demande pardon ?

Il reprit une inspiration, pour ne pas se dégonfler.

— Bah… Me tenir avec ta main. Je pense que ça pourrait être plus confortable.

Oli le lâcha subitement, Artie faillit retomber et se rattrapa tant bien que mal sur son seul pied valide. Il ne pensait pas que sa petite réflexion serait si mal reçue. Il se sentait également mal d'avoir été repoussé si facilement.

— Qu'est-ce qui te prend ?!

— Marche tout seul, si mon aide ne te convient pas.

— Ne te vexe pas. Je disais simplement que ça serait plus facile.

— Tu as tort.

Artie haussa un sourcil. Il ne pouvait pas avoir tort, c'était une question de bon sens, de physique. Oli n'avançait plus. Il fixait le sol en serrant les poings... Le poing. Artie remarqua sa main droite crispée sur les lanières des sacs, mais sa main gauche restait immobile sur sa hanche. Il haussa son deuxième sourcil en voulant l'attraper ; Oli recula plus encore en lui lançant un regard assassin, qui ne suffisait pas à masquer sa panique.

— Ne me touche pas.

— Tu t'es aussi fait mal ?

— Non ! Non...

La réaction était démesurée. Incompréhensible. La colère d'Artie s'évapora. Voilà que désormais, c'était lui qui était inquiet. Il reprit plus calmement.

— Tu es pas obligé de toujours être aussi fermé...

— Tu veux rentrer chez toi ou pas ?

Artie ne dit plus rien et laissa Oli reprendre ses épaules dans son bras. Ils parvinrent enfin à la lisière de la forêt. La petite maisonnette ne lui avait jamais paru si accueillante. Il eut un mouvement de précipitation, Oli le retint maladroitement. Ils avancèrent lentement jusqu'au porche, la pluie se mit à tomber alors qu'ils posaient le pied sur le paillasson à motifs fleuris. Un soupir de soulagement fut partagé par les deux collègues lorsque enfin Artie fut assis sur le petit banc devant la porte.

— Merci de m'avoir ramené à la maison, je…

Il s'interrompit en regardant son accompagnateur. Oli était occupé à retirer les petits cailloux sous la semelle de sa chaussure. Il constata avec surprise ; et pas mal de retard ; que le jeune homme n'avait pas hésité une seconde lors du trajet. Il s'était situé dans la forêt sombre, mais également sur le chemin qui menait à sa maison. À aucun moment, il ne lui avait demandé de lui indiquer l'adresse ou la direction à suivre.

— Comment tu savais ?

— Pardon ? réagit Oli en haussant les sourcils.

— Comment tu savais que c'était ma maison ?

— Je…

Il remit rapidement son masque, Artie n'avait pas eu le temps de voir son visage se décomposer.

— J'ai vu ton adresse sur ton dossier le jour de notre admission. J'ai une bonne mémoire.

Trop fatigué pour y songer davantage, Artie accepta cette excuse. Oli se remit en route après une dernière remarque sur son manque de professionnalisme. La journée avait été beaucoup trop longue. Artie fouilla dans sa sacoche à la recherche de ses clefs. Ne les trouvant pas, il regarda bien partout autour de lui, une sueur froide courant le long de son dos. La panique le faisait trembler tandis qu'il fouillait désespérément ses poches. Il les avait perdues. Il avait perdu ses clefs dans la forêt. Il était vraiment idiot. Prêt à pleurer, il tira de son pantalon son téléphone portable. En composant le numéro de sa mère, il se sentit tout petit. Il n'avait pas d'autres options, aucun ami dans la région : il était désemparé.

— Allô, maman ?

— Albert ? Tu n'es pas encore couché ?

— Je revenais d'une visite.

— Oh ! Alors, tu apprends plein de choses ?

— Oui, enfin… Oui, mais je t'en parlerai plus tard.

Sa mère entendit l'accent anxieux dans sa voix et s'inquiéta instantanément.

— Quelque chose ne va pas ?

— Je ne retrouve plus mes clefs, je suis bloqué dehors…

— Tu n'avais pas mis un double sous le paillasson, comme je te l'avais conseillé ?

— J'ai oublié…

Il allait fondre en larmes. Il se sentait si bête.

— Heureusement que ta mère te connait bien ! Regarde sous le pot de géranium. J'y ai laissé quelque chose le jour de ton emménagement.

Il se fit mal en courant vers le pot de fleurs, mais ignora la douleur de sa cheville. La plante était en train de mourir. Et sous le pot, il trouva une petite clef brillante.

— Maman, tu es la meilleure.

— Rentre au chaud. Et ne la perds pas, celle-ci.

Artie avait passé une nuit affreuse. Il avait eu beaucoup de mal à se réchauffer, s'était inquiété pour sa clef disparue, et chaque mouvement lui rappelait sa chute de la veille. Après un long examen de sa cheville, il en avait conclu qu'elle n'était pas cassée, il s'agissait plutôt d'une entorse. Ne souhaitant pas faire deux heures de route pour aller aux urgences, il avait simplement repêché une attelle dans son armoire à pharmacie, qui datait de ses années collège. Il avait à l'époque glissé à la patinoire et s'était tordu la même cheville. La patinoire… Bientôt il pourrait patiner sur les pavés qui le menaient au boulot, avec les températures qu'ils annonçaient.

Artie en avait assez de la nature, assez de son travail barbant, assez de toutes les petites frustrations qui jonchaient son quotidien dans le cottage mal isolé. Sa ville lui manquait tant qu'il en faisait des rêves et des cauchemars, où il tentait d'y revenir sans que jamais le trajet ne s'arrête. Il devait, malgré sa mélancolie, retourner au travail. Il avait mis deux pulls l'un au-dessus de l'autre. Cela ne l'empêcha pas de trembler de froid en attendant le bus qui était en retard. Il arriva de mauvaise humeur. Il murmura à peine un bonjour à ses collègues, et marcha vers la réserve comme il le faisait tous les jours depuis deux semaines.

— Artie ! Que fais-tu ?

Le patron lui sourit aimablement. Trop aimablement par rapport à d'habitude. Il était arrivé face à lui comme une fleur ; comme s'il l'attendait. Artie sentit que quelque chose était anormal. Cette supposition se confirma lorsqu'il aperçut Oli derrière le vieil homme, en retrait mais bien inclus dans cette conversation.

— Nous discutions justement avec Oli et il a proposé que vous partagiez le bureau pour vous pencher sur les ventes ensemble. Vous avez déjà du boulot sur la boîte mail, ne perdez pas de temps.

Artie ne savait plus s'il s'agissait d'une blague ou d'un miracle. Il décida de croire en un miracle, et posa ses affaires sur un petit bureau qui avait été aménagé en face de celui d'Oli. La case dans laquelle ils avaient été installés n'était pas très large, ils pouvaient à peine s'y faufiler à deux. Pourtant, une fois assis, Artie s'y sentit bien.

Il avait enfin un bureau à lui. Prêt à prouver sa bonne volonté, il se connecta sans attendre à son espace personnel pour commencer son travail. Oli n'avait pas répondu à son bonjour, mais il n'avait pas pris la mouche. Les heures passèrent plus rapidement ce jour-ci, la pause déjeuner sonna en tirant Artie de sa concentration. Il attrapa sa boîte-repas, et, sans surprise, son dessert n'y était plus. Oli n'avait pas bougé. Il se sentit un peu coupable d'avoir cru que son collègue lui volait ses affaires. Après tout, il était allé jusqu'à l'aider à obtenir un bureau ; il ne pouvait pas être si mauvais. Distrait, il fit tomber sa fourchette. Lorsqu'il se pencha pour la ramasser, il oublia ses pensées positives : un reflet métallique avait attiré son attention dans la poche avant de la sacoche de son collègue. Il se releva brusquement, se cogna le sommet du crâne sous le bureau. Oli ne broncha pas. Il pointa un doigt accusateur en avant, le visage brûlant.

— C'était toi !

Oli daigna enfin réagir à ses gesticulations. Il posa les mains de chaque côté de son clavier, attendant calmement la suite de cette accusation.

— Tu as pris mes clefs dans ma poche ! Je savais que tu n'étais qu'un sale voleur !

— Je ne t'ai rien volé, répondit calmement Oli.

— Je viens de les voir dans la poche de ton sac. Menteur !

— Je les ai cachées, pas volées.

— C'est la même chose !

— Pas du tout, non, dit-il sans un sourire, la bouche pincée.

Artie était furieux. Prêt à en découdre, il contourna le bureau pour récupérer ses clefs. Oli le laissa les reprendre sans sourciller, ce qui ne fit qu'empirer l'état d'Artie qui décida ensuite de lui attraper l'épaule pour le rapprocher de lui.

— Je ne sais pas à quoi tu joues, mais je ne vais pas te laisser me martyriser. Si ça t'a paru amusant jusqu'ici, sache que ça ne sera plus drôle du tout à partir de maintenant.

— Lâche-moi immédiatement.

Oli avait parlé sans hausser le ton, pourtant sa voix eut l'impact d'un cri. Artie le tenait désormais par le col de sa chemise. Il avait approché son visage à quelques centimètres à peine de celui d'Oli, son autre main était posée sur le bureau, à un cheveu de toucher celle de son collègue. Il faisait face à son regard noir, ses longs cils, ses taches de rousseur… Cette proximité le mit soudain mal à l'aise. Son odeur de pluie, ses boucles folles, sa bouche pulpeuse qui semblait prête à vociférer les pires insultes… Il retombait sous son charme, encore. Il songea un court instant qu'à cette distance, il aurait été très facile pour lui de poser ses lèvres sur la bouche pleine du châtain.

Choqué par ses propres pensées, il le lâcha et quitta le bureau en boitillant, fulminant. Devait-il parler de cette situation au responsable ? Il savait que son équipe ne serait pas de son côté. Oli avait su les charmer avec ses airs de jeune gentleman. Artie était et resterait le vilain petit canard, le stagiaire non désiré. En faisant des allers-retours dans le couloir, il réfléchit alors à un moyen d'ennuyer son collègue autant qu'il le faisait avec lui, mais il ne voulait pas non plus s'abaisser à de telles pratiques. Il devait simplement garder la tête haute. Il prit le temps de se calmer, temps qu'il n'eut pas pour manger sa salade.

Lorsque vint l'heure de reprendre son poste, son estomac gargouillait trop pour qu'il puisse s'y remettre convenablement. Il décida de faire une autre pause au bout de seulement trente-cinq minutes. Il entendait déjà la remarque d'Oli qui ne manquerait pas de critiquer sa démarche… Il fut presque déçu en ne le voyant pas à son bureau. Avait-il raté son départ, concentré sur autre chose? Il avait dû partir faire une visite ; ils en avaient beaucoup, il leur en fallait parfois une dizaine avant que les biens trouvent leurs acheteurs.

Artie avait préparé sa réplique dans sa tête et était prêt à l'utiliser. Il la murmura donc pour lui-même en sortant de nouveau sa boîte en plastique. Il l'ouvrit avec empressement. À l'intérieur, il y trouva sa salade dans le compartiment à cet effet. Et juste à côté, son dessert attendait sagement d'être mangé avec une petite cuillère en plastique rose. Il ne voulut pas chercher à comprendre, et il mangea sans savourer. Il ne se laisserait pas faire. Il ne le laisserait pas gagner à ce jeu. Non, il était absolument hors de question qu'il se laisse ensorceler par Oleander.

Fairy Ring!

Chapitre 5

Voler ou ne pas voler…

— Donc, tu lui as juste rendu son dessert. Je ne te pensais pas aussi influençable.

— Je ne suis pas influençable. Je n'avais juste plus envie de jouer.

— Ce n'est pas comme ça que ça fonctionne, Oleander, et tu le sais, le réprimanda son grand frère.

— Qui a décidé de ces règles stupides, de toute façon ?

Oli posa sa tasse sur la belle table en bois de cerisier, et l'anse se brisa. Il récolta un regard accusateur de la part de son interlocuteur qu'il ignora avant de reprendre calmement leur conversation.

— Je sais ce que tu en penses, Narcisse. Mais personne n'en saura rien.

— Et tu espères que je mente avec toi ?

— Oui, s'il te plait.

Son grand frère prit une longue inspiration et ramassa les éclats de porcelaine qui jonchaient la table. Oli avait toujours été proche de son frère, il savait qu'il pouvait lui faire confiance. Malgré son nom à connotation égocentrique, Narcisse était la personne la moins égoïste qu'il connaissait. Il n'avait jamais été du genre à se vanter malgré son évidente beauté et son intelligence au-delà de la moyenne. Depuis maintenant cinq ans, il était le médecin attitré de leurs voisins, et de leur famille. Son frère était une bonne personne. Oli l'était un peu moins. Il était envieux, irritable, particulièrement sensible… et indécis.

— Je vais garder ça pour moi. Mais tu vas bien devoir mener à terme cette histoire.

— Il n'a aucune idée des légendes de la région. D'ailleurs, il n'a aucune idée de rien. Il est particulièrement… ignorant.

— Et intéressant, n'est-ce pas ?

Il avait vu le clin d'œil de Narcisse qui finissait de nettoyer. Cela n'amusait pas du tout Oli.

— Il a un certain caractère…

— Qui ne te déplait pas, le taquina-t-il autant qu'il le réprimanda.

— Que j'ai du mal à cerner. C'est le premier humain qui agit de la sorte alors que toutes ses affaires s'envolent.

— Il y en aura d'autres. Ton cercle attire pas mal de monde.

— C'est vrai que le tien n'est pas très fréquenté.

— Et ça m'arrange ! s'exclama Narcisse en emballant un flacon dans du coton.

Narcisse avait son cercle de champignons très bien camouflé, entre des rochers non loin d'un ruisseau. Souvent les promeneurs qui se laissaient séduire par le chant des amanites finissaient par arriver au ruisseau, et l'eau fraiche les sortait de leur torpeur. Narcisse n'avait eu qu'un seul humain dans son cercle au cours des dix dernières années. Un vieil homme qui connaissait le folklore régional et n'avait pas hésité avant de faire ses offrandes selon les normes, se libérant du contrat qui le liait à la fée en quelques jours. Son grand frère était une fée exemplaire, il avait effectué ses tâches convenablement : il avait chapardé les outils de jardinage de l'humain, les avait replacés aux endroits les plus improbables, et parfois il lui avait même pris son dentier. Il était aussi une des fées les plus honnêtes, et, dès la troisième offrande de lait et de miel, il avait fini par le libérer. Oli savait qu'il avait détesté devoir faire ces taquineries pourtant caractéristiques aux fées de la région.

— Tu as de la chance… J'aimerais bien parfois, que mon cercle soit invisible…

— Menteur. Tu adores les faire souffrir.

C'était véridique. Oli adorait son statut de fée. Depuis l'enfance, leurs parents les avaient éduqués à la malice et la rancune. C'était cela, être une fée : lorsque l'on atteignait les dix ans, on se voyait attribuer un cercle, dans lequel les promeneurs se retrouvaient à danser sans le réaliser. Les fées, vexées que l'on pénètre dans leur territoire, se mettaient à prendre ce qui appartenait aux malheureux qui avaient osé mettre le pied dans le cercle ; et attendaient de leur part des offrandes en guise d'excuses. Tout comme les enfants fées étaient élevés à tromper les humains, les enfants humains du territoire étaient mis en garde par leurs grands-parents, pour ne surtout pas sauter dans les cercles de champignons.

Le nombre d'accidents avait diminué avec le temps, leurs proies étaient le plus souvent des touristes en vacances dans la région, ou des personnes alcoolisées qui oubliaient les avertissements de leurs aïeuls. Oli était un professionnel dans son domaine. Il avait envers les humains une haine intergénérationnelle qu'il avait portée dans son cœur depuis la naissance. Pour lui, pouvoir les blesser ou chambouler leur quotidien, c'était un don du ciel. Bien sûr, il ne serait jamais allé jusqu'à blesser physiquement un individu… Mais voler son vélo, c'était plus son genre. Ou sa chaussure. Ou… ses clefs. Il fronça le nez en se souvenant de l'expression furieuse de son collègue. Artie n'avait pas hésité à venir l'accuser, et à se défendre. Il ne savait pas s'il était impressionné ou agacé.

— J'aimerais bien qu'il comprenne, qu'il fasse ses offrandes, et puis voilà.

— Et ensuite ? Il travaille avec toi, non ? Donc, tu vas continuer à le détester ? s'enquit Narcisse en fronçant les sourcils.

Oli haussa un sourcil. Il n'avait pas pensé à cette question. Il avait pris l'habitude de le regarder de travers, de le juger silencieusement. Il le détestait, par principe plus que par réelle haine. Pourtant, Artie n'était pas particulièrement désagréable. Et il avait un beau sourire... Oli secoua la tête et répondit en boudant :

— Oui. Il me tape sur les nerfs.

— Je vois. Sois prudent.

Narcisse finit de ranger le matériel qu'il utilisait lorsque son petit frère était arrivé, désespéré, dans son atelier. Il retroussa ses manches sur ses bras musclés, et lui indiqua de s'asseoir sur la table d'examen.

— Puisque tu es là, je vais te faire un petit check-up. Ça fait longtemps.

— Pas nécessaire. Ce n'est pas comme si ça allait guérir, hein.

— On ne sait jamais, Oleander.

Il acquiesça à contrecœur, et laissa son frère faire son travail. Narcisse était le seul qui faisait encore attention à lui. Sa mère avait honte de lui et faisait tout pour l'éviter, les autres fées ne voulaient pas avoir à le fréquenter. Il était la risée de tous, et, sans son grand frère, il n'aurait eu sa place nulle part. Lui qui faisait un si bon boulot en tant que fée chapardeuse… Il repensa à Artie.

Il n'avait pas envie de retourner au bureau, pas après la discussion houleuse qu'ils avaient eue plus tôt. Il devrait pourtant bien aller récupérer ses affaires. Comment faire comprendre à Artie ce qu'il attendait de lui ? Le jeune homme venait de la ville, une grande ville. Il n'avait clairement pas d'affinité avec la région, ou ses légendes. Personne ne pouvait l'en informer. Devait-il simplement lui en parler ? Il revit le visage crispé de son collègue, et chassa cette idée en papillonnant des cils. Avant toute chose, il fallait qu'il se réconcilie avec lui. Oui, il devait se réconcilier avec Artie, pour que ses soupçons disparaissent. En exécutant les mouvements que Narcisse lui indiquait, il se demanda si Artie avait apprécié son dessert.

Oli poussa la porte de son bureau le plus silencieusement possible. Il se faufila dans la petite embrasure, furtif… et tomba nez à nez avec un collègue endormi devant son écran. Il était dix-neuf heures. Tard, pour la plupart de leurs collègues qui étaient déjà rentrés chez eux. Le patron n'allait pas tarder également, Oli l'avait vu ranger ses affaires en rigolant au téléphone. Il attrapa sa sacoche, son écharpe, et fit volontairement tomber sa trousse, provoquant un sursaut chez Artie qui se réveilla en panique.

— Ça va pas la tête ? J'ai cru mourir !

— Pourtant, tu es en vie, regarde.

Il lui tira la langue. Immature. Oli garda son sourire pour lui, pas encore prêt à le partager à cet humain.

— Tu devrais rentrer, où monsieur Bougier va t'enfermer ici cette nuit.

— Il le ferait sans doute exprès. Il ne m'aime pas de toute façon.

— Raison de plus pour ne pas le laisser faire.

Artie s'étira, son dos craqua. Il lui fallut seulement quelques minutes pour ranger tout le bazar qu'il avait étalé sur le bureau. En un instant, il était dehors, boitillant vers l'arrêt de bus. Oli ne souhaitait pas le suivre. Pas du tout. Il voulait rentrer chez lui… Il le rattrapa et s'empara de son sac.

— Rends-moi ça ! Ça ne t'a pas suffi, de prendre mes clefs ? Tu veux toutes mes affaires maintenant ?

— Tu me fais pitié à boiter comme ça. Je vais prendre ton sac, ça te déséquilibre.

— Je m'en sors très bien, merci.

— Tu as l'air encore plus ridicule que d'habitude.

Artie n'eut pas le temps de se formaliser, le bus arrivait et il dut courir comme il le pouvait pour l'atteindre avant qu'il ne referme les portes. Oli, qui était bien plus rapide que lui, était déjà monté quand il arriva. Il avait pris place sur un siège qu'il libéra pour Artie. Ce dernier s'y installa, sans le quitter des yeux.

— Pourquoi tu me files un coup de main, tout à coup ?

— J'ai pitié, je t'ai dit.

— Tu n'avais pas pitié hier soir, quand j'ai presque dormi dehors, rétorqua-t-il sèchement.

Oli tourna la tête pour admirer le paysage. Il s'en était voulu, un peu. Sa fierté de fée avait pris un coup lorsqu'il avait dû aider Artie à rentrer chez lui. Après tout, depuis qu'il avait posé le pied dans son cercle de champignons, c'était plutôt lui qui lui devait quelque chose ! Il n'avait pas pu s'empêcher de lui venir en aide, et avait dû contrebalancer en agissant comme la fée mesquine qu'il devait être. Tout cela, Artie ne le savait évidemment pas.

Il n'avait pas non plus connaissance du fait qu'Oli, inquiet bien qu'il le niait complètement, était resté tapi derrière les arbres jusqu'à ce qu'Artie trouve une solution pour ouvrir sa porte. Il n'allait évidemment pas lui faire le plaisir de lui avouer ce honteux secret. Son frère l'avait déjà assez charrié à ce sujet.

— Tu as fini par rentrer, non ?

— Pourquoi tu me voles mes affaires ? Pourquoi tu cherches à me gâcher la vie ?

— Je t'ai aussi obtenu un bureau, et une mission. Tu oublies un peu vite ce que j'ai fait pour toi.

— Okay, alors pourquoi tu as fait tout ça pour moi ? Tu ne m'aimes pas. Pourquoi tu te fatigues ? Pour avoir l'impression d'être une bonne personne, comme les apparences que tu donnes à tout le monde autour de toi ? Désolé, mais je ne suis pas touché par tes mensonges.

Oli aurait pu se vexer. S'énerver. L'insulter. Mais comment pouvait-il rétorquer alors que tout ce dont il avait été accusé était vrai ? Il appuya sur le bouton rouge pour demander l'arrêt du bus, et il descendit avec Artie. Il lui tendit son sac en baissant le regard.

— Tu devrais pouvoir t'en sortir pour quelques mètres.

— Je pouvais m'en sortir depuis le début. Tu voulais juste te moquer de moi.

— Penses-en ce que tu veux, lança Oli en haussant les épaules, ne souhaitant pas en rajouter cette fois.

Artie lui adressa un geste obscène qu'il encaissa sans rien dire. Il ne put se retenir cependant lorsque Artie lui tourna le dos pour rentrer chez lui, en shootant dans un caillou qui lui cogna la cheville.

— Je ne voulais pas t'enfermer dehors, l'autre soir.

Artie s'arrêta, ne se retourna pas.

— Ah oui ? Pourtant, généralement, c'est ce qui arrive, quand on a pas les clefs pour ouvrir la porte.

— Je voulais simplement te donner une leçon.

— Une leçon ?

Cette fois il rebroussa chemin, furieux. Il se planta face à lui, trop proche. Oli avala sa salive avec difficulté : il n'avait pas peur, non. Il se sentit rougir.

— Je ne t'ai jamais rien fait. Je ne t'ai jamais pris tes affaires, jamais blessé, jamais insulté.

— Tu as bel et bien fait quelque chose pourtant, mais je suppose qu'entre ta colère fortuite et ton hyperactivité inutile, tu n'as pas la capacité de t'en souvenir, il ne put s'empêcher de répondre, accusateur.

Il vit Artie se gonfler comme un ballon. Les joues enflées de l'air qu'il allait lui cracher à la figure, les yeux grands ouverts, Oli le trouvait presque mignon. Il le trouva moins mignon quand il ouvrit la bouche pour vociférer une liste d'insultes qu'il ne connaissait même pas, avant d'ajouter une dernière phrase pleine de rancœur :

— Quand je pense que je t'ai trouvé intéressant, au début… Tu es vraiment un sacré connard.

Il tourna les talons. Il ne boitait presque plus dans sa hâte, son énervement l'empêchant sans doute de ressentir la douleur. Il le regretterait ce soir. Oli, lui, regretterait cette conversation. Dire qu'il voulait se réconcilier avec son collègue… Il ferait mieux la prochaine fois. En soupirant, il fit tourner entre ses doigts le crayon qu'il avait attrapé, et qui ne lui appartenait pas.

Chapitre 6

Légendes et charlotte aux myrtilles

C'était bientôt les vacances. Artie sifflotait joyeusement en empaquetant ses affaires. Il était tellement impatient de revoir sa famille, sa ville natale, ses amis… Il ne s'arrêtait plus de sourire. Même lorsqu'il croisait Oli au bureau, il l'ignorait en souriant. Cela faisait quelques semaines qu'ils n'avaient pas échangé le moindre mot. Si le travail les forçait à devoir communiquer, Artie lui envoyait un mail. Il avait bien remarqué les regards que lui lançait son collègue aux yeux tristes, il avait simplement choisi de les ignorer. S'il était honnête avec lui-même, il était un peu déçu, autant de lui que d'Oli. Il avait vraiment cru que leur relation pourrait s'améliorer lorsqu'il l'avait raccompagné chez lui. Il ne voulait pas lui pardonner si facilement de lui avoir pris ses clefs, la taquinerie était allée trop loin ce soir-là. Pourtant, Oli avait mentionné les choses positives qu'il avait faites pour lui, et Artie se sentait coupable de ne pas l'avoir remercié.

Il ne comprenait toujours pas pourquoi son collègue avait voulu le harceler en lui volant toutes ses affaires. Il s'était justifié en disant vouloir lui « donner une leçon ». Artie avait beau se creuser la tête, il n'avait pas souvenir d'avoir fait quoi que ce soit qui aurait pu être blessant pour Oli. Il essayait donc de se détacher complètement de cette histoire, bien trop conscient de ce qu'il ressentait dès qu'il croisait le beau jeune homme dans les couloirs. Il se rappela son étrange pulsion le jour où il avait vu ses clefs dans son sac… À sa colère s'était mêlée une attirance qu'il voulait à tout prix étouffer. Il n'avait pas le temps pour ce genre d'enfantillages.

Il éloigna les nuages gris qui planaient au-dessus de sa tête en chantant l'air qu'il avait sifflé jusque-là. Il devait se mettre en route : le bus qui l'amènerait au village était dans dix minutes. Le second bus qui le conduirait à la gare la plus proche était dans une heure et demie. Et enfin, son trajet en train durerait quatre heures. Il aurait tout le loisir de penser à Oli sur le chemin.

Quand il ferma la porte derrière lui, il n'eut aucun pincement au cœur ; le cottage n'allait pas lui manquer. En revanche, il se sentit vaciller un peu en admirant les ailes sombres des corbeaux qui tournoyaient à l'orée de la forêt. La couleur onyx lui rappelait un certain regard noir… Il dut courir pour rejoindre le bus, s'étant laissé distraire par le vol des oiseaux. Le trajet fut tranquille. Il manqua de s'endormir dans les deux bus, cédant finalement au sommeil dans le train. Il rêva de son cottage, qui prenait feu subitement. Il se réveilla en sursaut, juste à temps pour descendre à son arrêt… et fut accueilli par une étreinte qui sentait le jasmin et la sauge.

— Albert !

— Maman, tu m'as manqué.

— Toi aussi ! Il n'y avait plus personne pour vider le ballon d'eau chaude en une seule douche, nous étions presque trop confortables !

— Pas cool, maman, pas cool.

Son père les rejoignit, pour lui taper dans le dos avec chaleur.

— Dis donc, la campagne ne te fait pas de bien ! Tu es tout pâle.

— Comme s'il était plus facile de bronzer en ville, peut-être ! s'offusqua sa mère, grande amatrice du petit village de Saint-Bois.

— Du calme, Anna, je ne voulais pas insulter tes origines…

Albert serra le bras de sa mère tandis que son père portait sa valise jusqu'à la voiture. Il savait qu'elle était attachée à sa campagne, celle qu'elle avait connue toute son enfance. Elle était venue en ville pour les études, avait fini par tomber amoureuse d'un citadin. Le père d'Artie ne se voyait pas déménager à la campagne, et c'était mauvais pour son business ; il était un avocat renommé. Aussi avait-elle dû sacrifier la vie qu'elle avait rêvé de mener. Artie savait qu'elle y songeait encore, des fois, lorsqu'elle se disputait avec son père. Elle ne lui en voulait pas, mais elle avait quelques regrets.

— Tu sais, maman, c'est pas si mal la campagne. Au moins, on entend pas les ambulances jusqu'à trois heures du matin.

Elle lui ébouriffa les cheveux en soupirant sa réponse :

— Si c'est la seule chose que tu trouves à en dire, c'est que tu dois être content d'être rentré.

— Je suis surtout affamé. On mange quoi ?

Il connaissait déjà la réponse à cette question, qu'il n'avait posée que pour alléger la conversation. Chaque fois que quelque chose de festif se préparait, sa mère cuisinait un rôti aux échalotes avec une ratatouille de légumes frais. Le plat, pourtant simple, était l'un des favoris d'Artie. Ce n'en était pas le goût épicé qui le séduisait, mais plutôt les souvenirs qui y étaient liés.

Au moment du repas, il se régala donc en se resservant deux fois, puis quand vint l'heure du dessert sa mère déposa sur la table une charlotte aux myrtilles pour laquelle il n'avait plus d'appétit. Artie avait toujours préféré le salé au sucré ; mais ne refusait jamais un dessert. Il accepta la petite part que lui servit sa mère.

— Alors, comment ça se passe dans ton agence ? lui demanda son père en prenant une part de gâteau, faussement curieux.

Artie déglutit avant de répondre, redoutant ces questions. Il savait que son père désapprouvait ses choix. Il était depuis l'enfance persuadé que, quoi qu'il décide de faire, il lui serait très facile de le faire. Il avait réalisé en postulant dans les agences de sa grande ville que peu importe qui étaient ses parents ou quels étaient leurs moyens, il ne passerait pas prioritaire. Ayant toujours été mis sur un piédestal, il n'aurait jamais cru faire face à l'échec. En revenant penaud de sa recherche de stage intensive, il avait dû faire face à un second coup dur en voyant le visage fermé de son père : il avait été déçu. Albert avait dû négocier avec ses parents pour choisir ce domaine d'études, leur promettant qu'il allait se débrouiller sans eux, que c'était sa première décision d'adulte, et autres justifications plus ou moins crédibles... Il avait en réalité simplement entendu des statistiques qui disaient que le métier d'agent immobilier payait bien. Il voulait continuer à vivre dans le luxe qu'il avait connu tout au long de sa vie.

— C'est pas mal. Il n'y a pas non plus grand-chose à faire.

— Tu as appris des choses au moins ? le coupa-t-il en piquant une myrtille sur le bout de sa fourchette.

Artie ne voulait pas mentir. Il ne voulait pas non plus relancer un sujet clos depuis longtemps, à savoir son choix de carrière. Son père faisait très bien semblant, mais ses expressions condescendantes le trahissaient : il ne voulait pas entendre que tout allait bien.

— Oui, quelques-unes. Je sais bien trier les dossiers, maintenant.

Il n'avait pu s'empêcher d'être amer sur sa dernière réplique, ce qui n'échappa pas à sa mère.

— Ne sois pas rancunier, Albert. Ils n'avaient pas prévu d'avoir un stagiaire supplémentaire, ils ne devaient pas non plus avoir prévu de travail à lui confier…

— Mais j'ai dû me battre pour avoir une annonce sur laquelle travailler, c'est pas très formateur...

— Te battre ? réagit son père encore une fois, un rictus suffisant sur son visage.

— Oui, enfin... L'autre stagiaire m'a aidé.

— Oh, donc tu t'es aussi fait un ami ? répondit joyeusement sa mère, bien plus enthousiaste que son époux.

— Pas vraiment...

Artie décida de changer de sujet. Il ne voulait pas se prendre la tête.

— Sinon, j'ai quand même visité un super beau manoir. Tu aurais sans doute aimé, maman, on se serait cru dans un conte de fées.

— Et tu n'en as pas rencontré ?

— De ?

— Eh bien, de fées.

Sa mère avait un petit sourire moqueur. Artie savait qu'elle plaisantait à moitié.

— J'aurais préféré. Je n'ai rencontré que des gens désagréables. Tu m'avais pourtant dit que les fées portaient chance !

— Elles portent chance, ça, j'en suis persuadée. Il ne faut juste pas les irriter.

Ces mots sonnaient vaguement familiers. Artie, hanté par les yeux sanpaku d'un certain individu, se sentit en danger.

— Comment on irrite une fée ?

Sa mère se leva et commença à débarrasser la table. Elle adorait raconter les légendes de son enfance. Artie le savait. Il se souvenait de cette histoire de cercle de fées porte-bonheur, de lutins des bois… Il n'avait jamais pris au sérieux ces contes destinés aux plus petits, pourtant, soudainement, il y portait une grande attention… Il attendait avec avidité la réponse de sa mère, tapotant le pied sous la table.

— Certains disent qu'il ne faut pas les regarder dans les yeux. D'autres disent qu'il ne faut pas entrer sur leur territoire. Les fées ne sont pas cruelles, mais elles sont malicieuses. C'est en tout cas ce que disait ton grand-père.

— Elles viennent nous étouffer dans notre sommeil ?

Elle éclata de rire, un rire sincère qui ne rassura pas son fils. Artie tendit l'oreille alors qu'elle s'éloignait vers la cuisine pour ranger les couverts.

— Non, mais elles adorent venir nous voler nos affaires pour nous embêter. Il faut leur donner des desserts pour adoucir leur amertume !

Il n'écoutait déjà plus. Alors, comme ça, les fées en colère venaient voler des affaires ? Artie revit le visage neutre d'Oli lorsqu'il l'avait accusé d'avoir volé ses clefs. Le jeune homme n'avait pas nié, il avait soutenu son regard. Son stylo avait également disparu... Ainsi que tous ses desserts. Il le revit au milieu du manoir, ses yeux perçants brillant de malice... Il eut un petit rire nerveux, s'empara de son verre et en but une longue gorgée pour se rafraîchir les idées. Bien sûr, Oli ne pouvait pas être une fée. Les fées, ça n'existait pas.

— Et du coup, tu vas rester là-bas ?

Artie hocha lentement la tête en touillant dans sa tasse de café. Après une courte nuit de sommeil, il avait retrouvé sa meilleure amie pour un goûter au centre-ville, avant de rejoindre le reste de la bande pour une soirée en boite de nuit. Malgré le confort de son lit chez ses parents, Artie avait mal dormi ; une nuit sans rêve, mais pleine d'interrogations.

— Tu ne veux pas retenter en cherchant ici ?

— Toutes les agences sont complètes, Charlotte, j'ai déjà cherché.

— Mais là tu vas juste devenir un… Un vieux con de la campagne, du coup.

— Peut-être. J'ai des bons exemples autour de moi, en tout cas.

La jeune fille le frappa sur le dos de la main, faussement en colère. Elle était plutôt inquiète pour lui et sa santé mentale. Charlotte était le genre de fille qui n'aimait pas particulièrement faire la fête. Elle aimait les sorties patinoire ou cinéma, les sorties bowling ou laser game… Les gens ivres et la musique à fond, ce n'était pas sa tasse de thé. Elle sortait avec eux seulement pour accompagner Artie, qui lui en était reconnaissant. Pour ce soir, elle avait enfilé une chemise en satin vert d'eau qui faisait ressortir le marron de sa peau, et ses cheveux frisés étaient ornés ci et là de petits ressorts dorés qui captaient la lumière des ampoules du café. Elle était belle, Artie le lui disait sans cesse. Elle le contredisait presque à chaque fois.

— Même pas une jolie fille dans les environs, comme dans les films de Noël ? Tu sais, une fille du coin qui tient une boulangerie… Et te fera apprécier la campagne.

— Vraiment, que de vieux croutons… Et Oli.

— Oli ?

Artie vida sa tasse de café, il aurait bien besoin de son énergie pour raconter ce qui allait suivre. Il avait besoin d'extérioriser, sur plein de points différents. Il commença par lui raconter la première rencontre, l'attitude froide du jeune homme, ses yeux, puis il s'épancha sur les anecdotes de son quotidien, sur à quel point il le détestait... Et il finit par lui raconter comme il l'intriguait, comme il voulait le comprendre, comment son cœur ratait parfois un battement lorsqu'il était trop proche de lui... Il parla longtemps, Charlotte ne l'interrompit que pour lui proposer un autre café, qu'il accepta.

Les cafés lui avaient manqué, lorsqu'il était dans sa campagne. Il se contentait du distributeur automatique de la salle de pause, n'ayant pas le temps d'aller au seul petit café du village pour prendre un goûter lorsqu'il travaillait. Le café dans lequel ils se retrouvaient toujours avec Charlotte était spacieux, avec de faux murs en briques et des plantes en plastique qui tombaient du plafond. Autrefois, cette décoration lui semblait de très bon goût… Désormais, il ne la trouvait plus si agréable. Il aurait aimé voir de vraies plantes dans les pots, et apercevoir la forêt à travers la porte coulissante plutôt que le boulevard noir de monde.

Il n'aurait jamais cru penser ainsi. Pas plus qu'il n'aurait cru penser, en recevant sa seconde tasse de café accompagnée d'un muffin aux noisettes, qu'il aurait aimé ramener un bout de ce goûter au travail, et voir s'il disparaissait magiquement de sa boîte repas.

Il soupira bruyamment en mordant dans sa pâtisserie. Charlotte lui tendit une serviette pour essuyer le coin de sa bouche, et vida un sachet de sucre dans son café. Elle le connaissait si bien… Elle était une amie exceptionnelle. Et aussi curieuse, ce qui faisait tout son charme.

— Donc, Oli, tu l'aimes bien au final, ricana-t-elle en attrapant une miette de son muffin.

— Non, vraiment pas.

— Mais tu as toi-même dit que tu voulais le connaître.

— Je veux savoir pourquoi il m'en veut.

— Ta maman a dit que c'était une fée.

— Elle n'a pas exactement dit ça, non…

Il trouvait cette idée ridicule. Oli était sûrement un garçon un peu bizarre, avec une personnalité atypique. Les créatures imaginaires, Artie n'y croyait pas. Il se refusait d'y croire. Charlotte ne le laissa pas s'en sortir si facilement.

— Je pense que tu devrais lui parler. Revenir vers lui. C'est sans doute seulement un malentendu ?

— Tu n'as pas vu comment il agit. Il peut faire peur, malgré son joli minois.

— Tu es intimidé ? Toi, qui n'as honte de rien ?

Il l'était, un peu. Oli le mettait mal à l'aise, tout en lui donnant envie de se rapprocher de lui. Charlotte avait peut-être raison, elle avait souvent raison. Elle regarda son téléphone, ajusta son collier dont le fermoir avait tourné, et ajouta avec engouement :

— Présente-le-moi, quand je viendrai te rendre visite ! Je veux rencontrer ton prince charmant !

Il lui fit une de ses meilleures grimaces. Le cœur plus léger après s'être confié à son amie, il lui raconta d'autres choses plus amusantes, et se renseigna sur ses projets à elle. Charlotte voulait devenir journaliste. Elle avait effectué quelques stages, durant lesquels elle avait beaucoup servi d'espresso, beaucoup moins participé au service de presse. Elle songeait maintenant à finir sa licence, et rejoindre l'équipe de sa compagnie en tant que membre à part entière. Elle lui parla de son prochain article, qui porterait sur l'augmentation des prix de l'immobilier. Il accepta de l'aider à se renseigner avec plaisir. Cette après-midi légère et sans prise de tête lui fit le plus grand bien.

La boîte de nuit fut plus ravageuse : il en sortit avec un mal de crâne lancinant et une chemise tachée de mojito. Ils avaient dansé toute la nuit, sauf Charlotte qui était rentrée deux heures plus tôt. Artie s'était déhanché sur de vieilles musiques remixées, il se souvenait vaguement avoir embrassé une fille qu'il ne connaissait pas... et s'être dit que ses lèvres n'avaient rien d'attirant comparées à celles d'Oleander. Puis il avait embrassé une autre fille pour oublier cette remarque qu'il s'était faite à lui-même. Il était ivre, mais surtout confus. L'alcool qui venait courir dans son sang semblait porter une vérité qu'il ne voulait pas entendre jusqu'à son cœur. Il rentra en titubant, s'excusa auprès des lampadaires qu'il bousculait sur son chemin. Artie avait toujours aimé sortir danser. Il n'avait jamais bu au point de ne plus pouvoir marcher droit. Peut-être était-il vraiment malheureux ? Ou simplement pressé de s'amuser, de profiter de ses vacances avant de devoir retourner au fond de sa forêt ? Il ne savait pas ce qui lui avait pris.

Sa mère ne le savait pas non plus, cela ne l'empêcha pas de le gronder doucement en l'aidant à retirer son manteau. Elle s'inquiétait. Elle l'accompagna dans sa chambre et lui ordonna de se changer. Artie était si désolé de l'avoir réveillée, de devoir compter sur elle pour lui servir un verre d'eau et un paracétamol... Lorsqu'elle revint avec le médicament, il laissa tomber sa tête sur ses genoux. Elle remonta la couette sur ses épaules.

— Tu sais, maman, je crois que j'ai rencontré une fée.

— Vraiment ? Elle aurait dû te voler le shooter que tu tenais dans ta main, alors !

— Il a volé mon énergie. Et mes clefs, se plaignit-il en boudant.

— Les clefs que tu avais perdues ?

Artie enfouit son visage dans le tablier de sa mère. Il sentait des larmes qu'il ne comprenait pas lui piquer les yeux. Elle se pencha au-dessus de lui, passa une main réconfortante dans sa nuque en lui tendant un mouchoir.

— Il a peut-être volé mon stylo, aussi. Et peut-être… Peut-être une petite partie de mon cœur.

— Tu es amoureux, Albert ? s'enquit-elle d'une voix douce, compréhensive.

— Non ! se vexa-t-il comme un enfant.

Non… Il n'était pas amoureux. Il était ensorcelé. Maudite fée avec ses yeux sanpaku. Il repoussa maladroitement la main de sa mère.

— Je vais aller me coucher.

— Fais de beaux rêves, mon fils.

Il renifla bruyamment, se laissa retomber sur le lit, et ferma les yeux presque immédiatement. Le sommeil l'enveloppa, alors qu'une voix sortie de ses souvenirs vint lui murmurer comme une berceuse : « Tu es amoureux, Albert ».

Fairy Ring!

Chapitre 7

Jeu de mains…

Artie était dans le train, son sac sur les genoux et son téléphone serré dans une main. Il avait hésité à remonter dans le train, avait bien dû s'y résoudre, sous le regard bienveillant de sa mère et celui plus sévère de son père.

Dire au revoir à ses parents, c'était toujours une grande épreuve pour Artie. Ce n'était pas tant la cuisine de sa mère, ou les blagues parfois limites de son père, qui allaient lui manquer. Mais dire au revoir à ses parents, c'était aussi dire au revoir à sa ville adorée, avec sa population vivante et ses bars ouverts jusque tard. Il avait embrassé sa mère en lui promettant de l'appeler plus souvent, et une fois dans le train, il avait contacté Charlotte pour lui proposer de venir le voir dans sa forêt une fois de temps en temps. Elle avait accepté sans lui donner de date. Il ne pouvait pas lui en vouloir, lui-même aurait refusé de venir s'ennuyer dans le cottage ; même si c'était avec sa meilleure amie.

Le lendemain de sa dernière sortie, la tête encore lancinante, il avait fait un tri dans son téléphone pour supprimer les nombreux numéros qu'il avait acquis durant sa soirée arrosée. Il se souvenait encore de l'été avant sa rentrée, qu'il avait passé à chercher une compagne sans jamais trouver chaussure à son pied. Il aurait à l'époque considéré les numéros comme un annuaire à relations ; ce n'était plus le cas aujourd'hui. Il ne savait pas ce qui avait changé. Était-ce parce qu'il savait qu'en travaillant aussi loin, aucune relation ne serait viable pour lui ? Ou alors était-il devenu suffisamment mature pour décider de se concentrer sur son travail ? Ou alors… Non. Il secoua la tête pour chasser l'image qui était apparue dans son esprit.

Le trajet lui parut trop court, il soupira mentalement en voyant la porte rouge de son cottage. Il soupira pour de vrai en arrivant dans sa petite cuisine, constatant qu'il avait oublié de faire la vaisselle avant de partir. Il retroussa ses manches et se mit à la tâche avant même de ranger sa valise. Il voulait tout remettre à zéro, pour repartir sur de meilleures bases.

Ses résolutions étaient très simples : il voulait s'améliorer au travail pour remonter dans l'estime de son équipe, finir son stage tranquillement, et ensuite revenir en ville et acheter un appartement qu'il ne quitterait plus. Il voulait également parler plus calmement avec Oli. Leur dernière conversation n'avait pas été très mature. Il savait qu'il avait besoin de discuter avec lui afin de mettre les choses au clair. Alors qu'il se refaisait le scénario parfait de cette fameuse discussion, il sentit une vive douleur à son index.

La surprise le fit lâcher son éponge qui s'écrasa sur le carrelage dans un tas de mousse parfumée à l'orange. Il s'était coupé le doigt sur la lame d'un couteau. Agacé, il décida de remettre le reste de la vaisselle à plus tard. Devait-il voir ça comme un mauvais présage ? Ce mauvais pressentiment s'accentua au cours de sa soirée, après une autre coupure sur le bord d'un sac en papier, et un coup de poignée de porte dans le creux du coude. Il prit la décision d'aller se coucher le plus rapidement possible, dans le but d'éviter d'autres accidents. Sa nuit fut aussi agaçante que sa soirée. Il se releva trois fois pour aller aux toilettes, se retourna six fois dans son lit… Il était angoissé. Les cernes qui décoraient ses yeux le lendemain lui donnaient l'air d'un raton laveur. Il se sentit encore plus comme l'animal lorsqu'il arriva au boulot, et que sa première mission fut de vider toutes les poubelles de l'agence. Oli n'était pas encore arrivé.

— Artie ! Quand tu auras fini avec les poubelles, tu pourras t'occuper de passer un coup sur les vitres ? lui demanda Didier en allant vers la salle de pause, sans attendre sa réponse. On y voit rien avec cette buée.

Son collègue risquait effectivement de ne bientôt plus y voir, mais pas à cause de la buée. Artie était très tenté à l'idée de casser ses lunettes et les enfoncer dans ses yeux. Le traitement qu'il avait reçu avant ses vacances, avec la présence d'Oli, était bien différent de celui qu'il recevait ce jour. Il tombait de haut. Il tombait… Il tombait tout court. Lorsque Artie réalisa que les pieds de sa chaise glissaient, il était déjà trop tard pour songer à reprendre son équilibre. Résigné, il accepta son sort non sans glapir de peur. Le sol fut moins dur qu'il l'attendait. Et plus chaud. Et peut-être plus méchant :

— Voilà une super façon de commencer ma journée.

— Oli ! Pardon, je suis tombé…

— Tu tombes tout le temps. Et tout le temps dans mes bras. Franchement, va chercher de l'attention ailleurs, Artie.

Toujours aussi agréable. Mais il n'avait pas tort, Artie fit donc profil bas. Il termina son coup de chiffon sur la haute baie vitrée après d'autres excuses basiques. Il était déçu, lui qui voulait justement éviter d'irriter son charmant collègue. Il n'osait plus relever la tête. Il dut le faire pourtant, lorsqu'il fut interpellé par une voix froide :

— Pourquoi, au juste, est-ce que tu es en train de nettoyer les carreaux ? Tu es apprenti homme de ménage ?

Oli le regardait un sourcil haussé, son expression oscillait entre amusement et incompréhension.

— Comme si j'avais eu le choix. Je fais ce qu'on me demande, c'est tout.

— Qui t'as demandé ça ?

— Didier a dit qu'il fallait nettoyer les vitres. Donc je fais les vitres.

Oli le poussa en avançant dans l'agence, ses grandes jambes le portèrent rapidement jusqu'à la porte du bureau de leur collègue ; et supérieur. Il entra après avoir toqué deux coups, mais sans attendre de réponse. Artie n'avait pas pu décrocher son regard du jeune homme, et l'eau du chiffon qu'il tenait serré dans son poing avait fini par couler dans sa manche. Il devinait sa silhouette derrière les stores de mauvaise qualité qui bloquaient la vue du bureau de Didier. Au bout de longues minutes, Oli réapparut, avec derrière lui leur supérieur qui affichait un air penaud. Le grand châtain passa près d'Artie et s'empara de son seau, en lui intimant de le suivre. Intimidé sans qu'il ne sache pourquoi, Artie s'exécuta sans broncher. Une fois dans les toilettes, Oli vida le seau dans les lavabos en rouspétant. Artie posa son chiffon, hésita un petit peu… Sa personnalité reprit le dessus.

— Merci, mais pourquoi, encore une fois, as-tu décidé de m'aider ?

— Je ne t'ai pas aidé. Je t'ai déjà dit, l'injustice comme ça, je ne peux pas supporter ça.

— Mais ça ne te concerne pas. Tu pouvais juste ignorer et me laisser finir le ménage.

— Tu voulais finir le ménage ?

— Non, mais…

— Arrête, avec tes « mais » ! Tu es ici pour apprendre à devenir un bon agent immobilier, pas pour faire le sale boulot. Stagiaire ne veut pas dire esclave.

Il était tout rouge sous ses taches de rousseur. Artie remarqua d'ailleurs que certaines de ces tâches semblaient presque blanches sur sa peau hâlée. Sur le cramoisi qui maquillait naturellement ses joues, on aurait dit les mouchetures des champignons dans la forêt. Il approcha doucement sa main, enchanté par ce qu'il venait de découvrir. La pulpe de ses doigts effleura la joue d'Oli, qui se figea. Plus rien autour d'eux ne bougeait, le temps était comme suspendu alors qu'Artie sentait sous son contact l'épiderme de son collègue qui se réchauffait encore. Une main paniquée attrapa son poignet, et le tira en arrière. Il ne perdit cette fois pas son équilibre, portant tout son poids vers l'avant pour ne pas tomber. Ce faisant, Oli se retrouva contre le mur, son dos heurta la tapisserie décollée. Il grimaça, son bras tenta de repousser Artie qui tentait de reprendre ses esprits… Ce dernier lui attrapa l'autre main pour l'empêcher de le pousser, et de nouveau ils s'interrompirent. Il tenait bien sa main dans la sienne, mais la texture qu'il sentait à travers le gant n'avait rien d'humain. Oli ne se débattait plus. Il semblait en état de choc. Alors, impunément, sans y avoir été invité, sans aucune autorisation, Artie retira délicatement le gant en daim qu'il avait si souvent critiqué. Ses yeux s'écarquillèrent lorsqu'il découvrit ce que le bout de tissu cachait.

— Qu'est-ce que…

Oli ne répondit pas. Il ne réagissait plus. Artie lâcha sa main, son bras retomba mollement contre son corps. Il s'éloigna de quelques pas en arrière, prêt à affronter un éclat de la part de son collègue. Cet éclat n'arriva pas. Oli n'avait pas bougé, ses yeux étaient deux lignes fines qui retenaient quelques larmes de honte. Artie regretta d'avoir retiré le gant : il voulait revoir son expression fière et moqueuse, il n'aimait pas ce visage triste et vulnérable : ce n'était pas lui, ça ne lui ressemblait pas. Oli, la voix tremblotante, lui demanda :

— Ça te dégoute ?

— Non ! Non, vraiment pas. Mais, c'est quoi ? Tu as eu un accident ?

— Je suis né comme ça. Je n'y peux rien, répondit-il tout bas.

— Bien sûr ! Bien sûr que tu n'y peux rien ! s'exclama Artie en agitant les mains dans le vide.

Artie avait du mal à ne pas regarder la prothèse qui lui servait de main. Elle était très jolie, finalement. Une belle prothèse qui alliait métal sombre et bois rougeâtre, elle semblait très mobile.

— Ça te choque ?

— Hein ? Euh… Oui, un peu.

Il ne pouvait pas mentir. Il était choqué, mais pas par son handicap. Il était plutôt choqué de lui-même. Après ses piques à répétition sur son port de gants, et ses remarques quant à sa dextérité, il s'en voulait un peu.

— Ça te fait mal… ?

— Non. Ça n'a jamais fait mal.

— Tu peux bouger ta main ?

— Oui. Mais c'est difficile, et pire quand il pleut.

— Les autres collègues sont au courant… ?

Oli se détendait un peu, face à la vague de questions qui l'assaillait. Il répondit plus naturellement :

— Seulement monsieur Bougier. J'étais obligé de le préciser pour mon embauche.

— Je vois…

Artie ne savait pas comment continuer cette conversation, mais il ne voulait pas arrêter de parler. Il savait d'avance que le silence qui allait suivre serait encore plus dur à supporter.

— Oli… Désolé. Je ne savais pas, pour ta main. J'aurais pas dit toutes ces choses, si j'avais su.

— Tu ne pouvais pas savoir. Je m'en moque.

Il ramassa son gant en se penchant en avant. Artie n'esquissa pas un geste. Il en avait déjà trop fait. Il finit d'essorer son chiffon, et rangea le seau sous le lavabo. Oli n'avait pas quitté la pièce. Il semblait réellement déprimé. Alors, Artie fit ce qu'il faisait de mieux. Il décida de l'embêter pour le faire réagir.

— Et du coup, on t'a pas coupé la main parce que tu étais un voleur ?

— J'emprunte, je t'ai dit. Si tu utilisais ta cervelle, ce problème serait déjà réglé.

— Suffirait que tu m'expliques ce qui te dérange avec moi. Mais je suppose qu'on ne peut pas travailler… main dans la main.

— Je vais t'arracher la langue, comme ça au moins on pourra travailler dans le silence.

Artie lui tira la langue en question, et finit par lui sourire franchement :

— Il est temps de retourner dans notre bureau, si on veut pas que Didier débarque et nous fasse frotter les toilettes.

— Qu'il essaie.

Oli le suivit jusqu'au bureau, redevenu lui-même. Rassuré, Artie fut capable de se concentrer sur ses mails tout le reste de la matinée, en chantonnant un air qui venait tout droit de son imagination. Étrangement, Oli ne lui fit aucune remarque sur sa chansonnette. Lors de sa pause, Artie retrouva son dessert dans sa boîte. Oli n'avait pas quitté le bureau pour le déjeuner, il avait dit ne pas avoir faim. Pourtant, Artie savait qu'il avait entendu un ventre gargouiller, et que ce n'était pas le sien. Il n'avait pas osé insister.

Après son propre repas, il s'était de nouveau senti coupable, et avait fait un détour par le distributeur automatique pour y acheter une gaufre en sachet et un chocolat chaud. Il les posa discrètement sur le bureau d'Oli qui avait dû se lever pour se dégourdir les jambes. Fier de sa petite attention, il se remit au travail avec le sourire. Les heures défilèrent, il rédigea trois annonces et posta les photos qu'il avait reçues en début d'après-midi. Il eut également le temps de finir le tableau des visites pour le bien qui leur avait été confié, à lui et à Oli. Il voulut lui demander son avis… Le beau châtain n'était pas revenu. En regardant sa montre, Artie constata qu'il lui restait encore trois bons quarts d'heure de travail avant de pouvoir rentrer chez lui. Ce qui signifiait, plus concrètement, qu'Oli était absent depuis plus de trois heures.

Se sentant idiot de ne pas avoir remarqué, il se leva pour partir à sa recherche. Il fit le tour des locaux, depuis la réserve jusqu'au petit cagibi pour le matériel de nettoyage. Il n'était nulle part. Artie avait voulu le joindre, mais son téléphone sonnait creux. Il commençait à s'inquiéter. Et si Oli avait été plus choqué qu'il ne le pensait après que son secret eut été dévoilé ? Il croisa les autres collègues, la plupart avaient déjà leur sac sur le dos. Monsieur Bougier papotait joyeusement avec eux dans le hall, comme si les dix minutes qu'il leur restait n'avaient aucune importance. Artie leur passa devant pour retourner vérifier dans les toilettes…

— Artie ! Tu n'es pas encore prêt à partir ? On va devoir t'attendre, dépêche-toi !

— Ha, oui, euh… Oli ?

— Oleander est parti plus tôt aujourd'hui, il ne se sentait pas très bien.

— Je vois…

Il avait cherché pour rien, alors. Déconfit, il attrapa sa veste en hâte. Oli avait laissé sa sacoche ouverte sur son bureau, avec son écharpe et son grand manteau. Artie hésita un instant… Il les attrapa en même temps que ses affaires. Le reste de l'équipe était déjà dehors, tapotant tous du pied en l'attendant. À peine avait-il posé le pied sur la terre gelée que le patron verrouilla la grande porte, et ils partirent tous dans la direction de leurs habitations respectives. Artie décida d'attendre un peu devant l'agence, dans l'espoir de voir arriver Oli. Il n'avait pas pu rentrer chez lui sans son sac, ou ses clefs... Il eut un rictus en se souvenant comment il avait dû rentrer chez lui sans les siennes. Il ne lui en voulait plus vraiment en cet instant, il était passé à autre chose. Cette autre chose... Il s'agissait de son nouvel intérêt pour Oli. Il savait désormais pourquoi le jeune homme gardait toujours ses gants... Mais il lui restait tant de choses à apprendre à son sujet ! Oli était un homme mystérieux, captivant. Artie avait beau s'être promis de ne pas chercher à piétiner sur ses plates-bandes, il n'arrivait pas à tenir cette promesse-ci. Il attendit donc encore, malgré le froid qui s'infiltrait dans ses chaussures, sous sa veste épaisse.

L'hiver était bien installé, il prenait des grandes inspirations d'air gelé qui semblait lui givrer la gorge. Finalement, une ombre de la forme d'un humain se découpa entre les arbres. Artie reconnut Oli alors qu'une pluie drue se mettait à tomber. En quelques instants, ils furent tous deux trempés. Malgré le froid polaire, il ne s'agissait pas de neige, ce qu'Artie aurait préféré. Oli le rejoignit, sa chemise grise imbibée d'eau. Il ne portait, évidemment, pas de manteau. Sa peau semblait trop pâle dans le crépuscule qui tombait. Artie lui tendit son manteau qui ne servait plus à rien.

— Pourquoi tu as pris mes affaires ?

— Parce que tu n'étais pas là pour les prendre. La porte est fermée, je me suis dit que tu en aurais besoin ce soir.

Oli eut un petit rire de jugement. Artie n'en comprit la raison qu'une fois arrivé devant la porte de l'agence. Oli souleva le paillasson, et le reflet métallique d'une clef brillante lui tapa dans l'œil. Le châtain ouvrit tout naturellement la porte qui avait été fermée deux heures plus tôt. Il lui fit signe de rentrer. Artie ne se fit pas prier. Il était néanmoins surpris : alors, comme ça, le parfait Oleander n'avait aucun problème à entrer par effraction dans un lieu privé ? Décidément, il avait tant de choses à apprendre à son sujet.

Chapitre 8

Un chocolat chaud froid

La pluie tambourinait contre les fenêtres en simple vitrage. Artie constata que le cadre en bois qui tenait les carreaux n'isolait pas suffisamment les locaux contre l'averse : quelques gouttes s'infiltraient et coulaient le long de la tapisserie. Les joints des fenêtres étaient recouverts de moisissure… Il avait déjà remarqué ce souci d'hygiène en faisant les carreaux, un peu plus tôt. Il aurait été grand temps de rénover le bâtiment. Artie savait que ce n'était pas une dépense prévue dans le budget de l'entreprise pour le moment. Il avait entendu les membres de l'équipe parler d'un gros projet qui pourrait « changer la position de l'agence dans le monde de l'immobilier ». Il se demandait en cet instant s'il ne faudrait pas plutôt changer la position du vieux radiateur, qui chauffait plus l'extérieur que l'intérieur du bureau en étant placé sous les fenêtres mal isolées.

Oli avait posé ses affaires sur une chaise qu'il avait rapprochée dudit radiateur. Artie savait que son père aurait appelé ça « un grille-pain ». Il commençait à avoir un petit creux, et aurait été ravi de se faire des tartines. Oli n'avait pas dit mot depuis qu'ils étaient rentrés dans l'agence.

— Ça va ? Tu étais parti où ?

— Ça te regarde ?

— Bah.. Un peu. On avait du travail.

Artie tortillait ses doigts, essorant l'ourlet de ses manches. Il s'était inquiété pour Oli, et comprenait encore moins son départ maintenant qu'il l'avait vu revenir, en chemise sous la pluie de décembre.

— Je rattraperai mon retard. J'avais besoin de prendre l'air.

— Sans ton manteau ?

— Tu es ma mère ?

Il n'insista pas. Malgré le chauffage de piètre qualité, il commençait à se réchauffer un peu, et décida de retirer quelques couches de vêtements pour qu'ils sèchent plus rapidement. Oli eut un mouvement de recul et posa sa main en plein milieu de son visage.

— Qu'est-ce que tu fais ?!

— Je retire les vêtements mouillés. Je ne veux pas attraper froid.

— Pourquoi tu fais ça ici ?

— Ici ou ailleurs, ça revient au même ? Il n'y a que nous de toute façon.

Ça semblait être la source du problème. Oli tourna la tête, et répondit, non sans quelque difficulté :

— J'ai des vêtements de rechange dans mon casier. Je vais me changer.

Il ne bougea pourtant pas. Il semblait vouloir dire autre chose. Artie leva un sourcil, toujours en train d'étendre son linge sur les dossiers des chaises.

— Je vais te prêter un pull. J'ai pas envie de te voir… Enfin, je veux pas te voir sans rien quoi, ajouta-t-il finalement.

Artie ne le prit pas mal, il était plutôt content de son physique et ne se laissait pas atteindre par de médiocres remarques de ce genre. Il se frappa le dos de la main lorsqu'il se surprit à songer que ça ne l'aurait pas dérangé de voir Oli sans rien, lui. Il attendit sagement le pull promis, sa chemise ouverte sur son ventre rebondi. Artie n'était pas un modèle de magazine. Il n'avait pas honte de son corps qui témoignait du plaisir qu'il prenait à manger de bonnes choses. Il ne se serait pas senti lui-même avec des tablettes de chocolat. Sauf, potentiellement, si elles étaient dans sa main. Le seul chocolat qu'il avait sur lui était l'iris brun de ses yeux, qu'il avait toujours vu comme un petit peu de sucre pour édulcorer son visage rond.

Il serra ses bras autour de son estomac qui gargouillait bruyamment. Oli n'avait pas encore vu le goûter qu'il avait laissé sur son bureau, peut-être qu'il pouvait encore lui prendre la gaufre… Un bruit mat, suivi d'un râle rauque, le fit changer d'avis. Il se précipita vers le vestiaire en oubliant la pâtisserie.

— Oli ?

Pas de réponse. Il toqua à la porte, le visage pâle. Et si son collègue était vraiment tombé malade ? Il réitéra son appel, avec plus d'empressement. Finalement, un son étouffé lui répondit, suivi de quelques mots peu rassurants :

— Ça va, va-t'en.

— Tu as besoin d'un coup de… main ?

Artie gloussa pour lui-même. Il se trouvait très drôle. Cependant, après un petit temps de réflexion, il réalisa qu'effectivement, Oli devait avoir du mal à fermer les boutons d'une chemise avec sa prothèse. Il toqua de nouveau.

— Je peux t'aider, hein.

— Laisse tomber et va t'asseoir.

Un bruit métallique résonna cette fois dans la nuit et Artie comprit qu'il avait dû se cogner contre la porte du casier. Il se souvint de ce qu'avait dit le beau châtain lorsqu'il avait découvert son secret : la prothèse fonctionnait moins bien quand il pleuvait. Il toqua un autre coup, puis, devant le mutisme d'Oli, il prit la décision d'entrer malgré tout. Son collègue le détestait déjà, il n'avait plus rien à perdre. Il enclencha la poignée, la porte grinça en s'ouvrant…

Oli poussa un cri. Artie retint le sien dans sa gorge et s'étouffa avec sa salive. Il se mit à tousser de façon incontrôlable, la main toujours sur la poignée. Décidément, cette journée était pleine de révélations. Si la prothèse avait pu paraître un sacré secret, qu'en était-il alors de ce qu'il avait sous les yeux ? Oli se tenait de profil, la lumière du vestiaire n'était pas allumée. La froide lueur de la lune ricochait sur sa peau caramel et donnait à son épiderme une nuance blafarde qui ne lui allait pas du tout. Ses yeux écarquillés hurlaient sa détresse, alors que sa main crispée tenait contre son torse le coton d'une chemise froissée. Les perles de pluie qui ornaient encore sa chevelure en pagaille semblaient être les bijoux d'une parure, parure dont la pièce maîtresse serait ces ailes rubis qu'il voyait dans son dos… Cette aile. Artie avait cessé de tousser. Il ne pouvait pas détourner le regard. L'aile était magnifique, semblable à celle d'un papillon de nuit. L'arc courbé qu'elle faisait pour partir d'entre ses omoplates, et couvrir son épaule dans un vitrail chatoyant… Artie aurait pu pleurer devant tant de beauté. Il n'avait jamais vu matière similaire à la membrane translucide qui composait l'aile. Les couleurs de l'automne dansaient dans les reflets moirés de l'appendice. À côté de cette œuvre d'art, une réplique miniature caressait la colonne vertébrale de… La fée ?

— Sors !

— Non.

— Sors, tout de suite.

— Non… Tu as besoin d'aide.

Artie s'arracha à sa contemplation. Il se plaqua un air neutre sur le visage, et avança vers Oli qui recula encore, la lèvre inférieure tremblante mais le poing prêt à frapper. Le grand blond ne se démonta pas. Il approcha sa main, la posa le plus délicatement possible sur l'avant-bras d'Oli. Le muscle sous sa paume se contracta, mais son collègue ne le repoussa pas. Artie prit cela pour une autorisation silencieuse. Il lui prit la chemise de la main et défit les boutons un à un, calmement, prétendant que la situation était parfaitement normale. Il posa ensuite la chemise sur ses épaules, prenant grand soin de ne pas effleurer l'aile qui pourtant semblait l'attirer comme un aimant. Oli passa mécaniquement ses bras dans les emmanchures. Artie s'empressa alors de refermer les boutons sur sa poitrine. En voulant être rapide, il fut moins attentif et son pouce caressa la peau de son torse. Seul un frisson répondit à ce contact. Il avait cependant perdu le rythme et dut se battre avec la boutonnière. Fébrile, il eut quelques difficultés à fermer les derniers boutons. Alors qu'il parvenait au bout de ses peines, la voix rocailleuse d'Oli s'adressa à lui :

— Tu ne vas pas me demander ?

— Tu peux me dire si tu veux. Vu ta tête, tu n'avais pas l'air prêt à en parler.

— Tu ne devrais pas avoir peur ? Ou au moins être surpris ?

— Je suis plus solide que ça ! Et puis…

Et puis, sa mère l'avait prévenu. Oli avait raison, il aurait dû être en état de choc. Il ne l'était pas. Il était enchanté par la beauté de la créature qui se tenait devant lui. Au fond, il avait dû croire aux légendes plus qu'il ne le voulait. Aussi, la présence d'une fée dans ce vestiaire n'était pas quelque chose de complètement impossible pour son esprit préparé.

— J'ai irrité une fée… Ça craint.

Oli se dégagea des mains qui tenaient encore sa chemise. Il lança un cardigan sur Artie qui le rattrapa avec la tête.

— Comme tu dis.

Ils avaient partagé la gaufre. Pour ce qui était du chocolat chaud, il avait été bu froid, en prenant bien soin de ne pas boire du même côté du gobelet. Oli avait fait une réflexion sur le fait de partager ce goûter, pourtant,

Artie avait vu dans son regard qu'il était touché par son attention. Artie avait fini par laisser sa curiosité reprendre le dessus et, après avoir posé vingt questions d'affilée à Oli, il avait désormais plus d'informations sur sa condition.

— Donc, tu es une fée, et les fées de la région emprisonnent les gens dans des cercles, et tu dois voler des trucs.

— Pas exactement, mais dans les grandes lignes… Oui. Dans mon cas, c'est peut-être un peu plus compliqué. Je suis une fée ratée.

— Comment ça ?

— Je n'ai qu'une aile en bonne santé. L'autre est inutilisable, et ne grandira pas. Comme ma main, je suis né comme ça. La partie gauche de mon corps présente ces deux handicaps…

Il avait répondu en tournant la tête, l'air embarrassé. Artie trouvait qu'une aile, c'était déjà beaucoup.

— Ça t'empêche d'être une bonne fée ? J'ai trouvé que tu étais admirablement efficace lorsque tu volais mes affaires.

— Ça ne m'empêche pas de me venger de ceux qui marchent dans mon cercle... Mais ça m'empêche d'être vu comme un membre de notre communauté. Je ne suis pas très apprécié, s'agaça-t-il sans méchanceté.

— Juste pour une aile ?

— C'est notre essence. Tu ne peux pas comprendre.

Il ne pouvait, effectivement, pas comprendre. Cela lui semblait tout de même très injuste. Il comprenait mieux les réactions d'Oli face à la façon dont les collègues marquaient la différence entre eux deux. Il avait sans doute eu à affronter le même genre d'attitude avec sa famille...

— Tu vis tout seul, du coup ?

— Non. Avec mon frère, et ma mère.

Il avait froncé son petit nez. Artie comprit que tout n'était pas rose à la maison.

— Tu n'es pas fâché avec eux ?

— Ils font de leur mieux, je leur en suis reconnaissant. Ma mère a dû se battre pour m'élever comme les autres fées de mon âge. Elle a fini par se lasser, et nous évitons de nous croiser à la maison… Pour elle, c'est trop douloureux. Et mon frère… Il est juste gentil avec tout le monde. D'ailleurs, tout le monde l'adore aussi.

— J'aimerais le rencontrer…

— C'est ça, rêve toujours.

Artie avait dit tout haut ce qu'il pensait, il savait que ça n'était pas quelque chose de possible. Oli avait été très clair sur ce point : il ne pouvait pas laisser savoir qu'il s'était fait prendre. Sa carrière, ses objectifs, tout serait remis en question si d'autres personnes l'apprenaient. De la même façon, il n'en dirait pas un mot à sa famille ; il ne voulait pas leur causer de souci.

La discussion à cœur ouvert qu'ils avaient partagée avait achevé de réchauffer Artie qui était confortablement installé le dos contre le radiateur. Oli avait encore les cheveux un peu humides, ce qui ne sembla pas le déranger quand il renfila son manteau en lui intimant de sortir du bureau. Il était grand temps de rentrer, et d'oublier cette soirée, avait-il dit. Mais Artie ne comptait pas oublier.

Il n'y avait bien sûr plus de bus, et le souvenir de son dernier trajet dans le noir le fit frissonner : il ne voulait pas se casser l'autre cheville… Ou tomber dans un cercle de champignons. Oli ne lui posa pas la question, mais il tira sa manche pour l'amener avec lui sur le chemin boueux. Ils rentreraient ensemble.

— Tu ne vas pas voler mes clefs cette fois, pas vrai ?

— Est-ce que tu as déjà cherché à te libérer de tes dettes ? Je ne crois pas.

Artie posa la main sur sa poche, pour protéger son téléphone et son trousseau.

— Tu ne m'as pas dit comment faire. Je dois m'excuser, me prosterner, te faire un baisemain ?

— Tout ça est très tentant, mais non. Tu dois « m'adoucir ».

— T'adoucir ?

Il regarda Oli, ses yeux chocolat plongés dans le café des siens. L'amertume de son regard faisait écho à la boisson dont il portait la couleur. Artie n'aimait pas les choses amères, et pourtant, il avait soudain fort envie d'un double espresso. Il s'approcha de lui, son bras toucha le sien. Oli ralentit le pas. Artie se mit sur la pointe des pieds, il approcha ses lèvres de sa joue… Une gifle tonitruante le ramena sur Terre.

— Ça va pas la tête ?!

— Tu as dit que je devais t'adoucir !

— Tu viens d'alourdir ta dette.

Il avait agi par instinct. Sa mère disait parfois que le plus doux des bonbons était un câlin sincère, un bisou réconfortant. Naïvement, il avait appliqué cette règle…

Pas si naïvement, en réalité. Il avait voulu l'embrasser, il avait été attiré par sa joue, son front, ses lèvres. Il frotta son visage là où il avait reçu le coup.

— Tu veux que je te file mon goûter ? On est plus à l'école primaire.

— En fait… Oui. Tu dois me faire des offrandes. Nous aimons beaucoup la vanille, le lait, le sucre… Le miel.

— Et puis quoi encore ? Tu es quoi, une divinité ? Tu veux un bouquet et une prière aussi ?

— C'est la règle. Et ne m'offre jamais, jamais de fleurs.

— Désolé, je ne suis pas croyant. Je peux peut-être te faire des sacrifices, tu préfères les poules ou les moutons ?

Oli soupira. Finalement, entre les protestations d'Artie et les réponses très sérieuses de la jeune fée, ils arrivèrent au cottage sans s'en rendre compte. Oli s'apprêtait déjà à faire demi-tour, quand Artie le rappela en toussotant.

— Il est super tard.

— Oui, et donc j'aimerais bien rentrer, si tu permets.

— Nan, mais... Tu veux dormir ici ?

Il récolta un regard assassin, ainsi qu'une remarque sarcastique.

— Tu as de la fièvre ? T'es tombé malade, avec la pluie ?

— Je suis sérieux. Il fait froid et nuit, et je sais pas où tu habites mais... Dans tous les cas, c'est pas prudent de rentrer seul.

Oli ébouriffa ses cheveux, dérangeant ses mèches pour mettre de l'ordre dans ses idées. Il hocha lentement la tête, et le sourire espiègle qu'il avait parfois pour Artie vint tordre sa bouche :

— Je ne dors pas sur le canapé, je te préviens.

Chapitre 9

Lait et miel

Oli ne savait pas où s'asseoir. Il avait envisagé les chaises en bois qui étaient posées en cercle autour d'un carton qui semblait servir de table. Le canapé lui avait semblé plus confortable… Avant qu'il ne découvre la pile de vêtements propres mais en boule sur les coussins. Il ne rangeait donc jamais ? Artie soignait son apparence, il portait des vêtements de qualité et coiffait ses cheveux. Oli avait même eu quelques soupçons quant à l'utilisation d'un gloss rosé pour hydrater ses lèvres, bien qu'il n'en eut pas trouvé quand il avait voulu le subtiliser. C'était donc à ça que ressemblait l'habitation d'un homme en apparence propre et ordonné ?

— Tu peux poser tes affaires sur le plan de travail.

— Entendu…

Où ? La vaisselle, qui n'était pas à jour, sortait de l'évier et s'étalait sur la planche en bois. Oli poussa une tasse pour poser son manteau… Un bruit de verre brisé couvrit son cri de surprise.

— Désolé, je n'ai pas fait exprès.

— Euh… Je vais faire un coup de vaisselle, s'excusa Artie, en passant une main dans sa nuque.

Il alluma le robinet, Oli finit par trouver une place sur le rebord du canapé. Il réalisa alors qu'il était chez Artie. Il était chez lui, en tant qu'invité, et ce pour y passer la nuit. Le rouge vint colorer ses joues mouchetées alors qu'il toussotait pour masquer sa gêne. Oli ne dormait que rarement à l'extérieur. Il restait le plus clair de son temps chez lui, dans sa petite chambre, à lire des livres ou bricoler des choses. Il se rendait parfois dans le cabinet de Narcisse pour l'embêter, comme tout frère digne de ce nom se devait de le faire. Oli n'avait pas d'amis proches, les autres fées le regardaient de haut et les humains ne l'intéressaient pas… Pas habituellement. Il se remit à observer Artie alors que ce dernier finissait de rincer la vaisselle. Pourquoi lui, particulièrement ? Pourquoi ce jeune homme sûr de lui, bruyant, désorganisé et espiègle l'intéressait-il autant ? Il était encore plongé dans ses pensées quand Artie le rejoignit sur le canapé.

— Désolé, je n'avais pas prévu de recevoir du monde...

— Je comprends. Merci de m'accueillir.

Artie lui offrit un grand sourire. Le cœur d'Oli rata un battement, et il se demanda s'il avait trop couru sous la pluie un peu plus tôt.

— Tu as faim ?

— Plus maintenant, merci.

— Je vais me faire un goûter, moi.

Il se releva et bondit presque vers la cuisine. Oli ne put retenir un rire tendre en le voyant préparer une assiette de petits gâteaux et deux tasses fumantes, malgré sa réponse négative. Il était si concentré sur le visage satisfait d'Artie qu'il n'avait pas fait attention à ce que ce dernier servait à boire. Il se retrouva avec une tasse dans les mains, les effluves lactés qui s'en échappaient lui mirent la puce à l'oreille.

— Du lait ?

— Au miel. Tu as dit que tu aimais ça.

Il en but une gorgée. Elle lui réchauffa le cœur, le corps, et l'esprit. Détendu, inutilement touché par cette attention, il lui souffla un remerciement qui sentait la vanille. Artie ouvrit de grands yeux.

— Tu aimes ça à ce point ?

— C'est ma boisson préférée. On aime tous le miel, il a une grande valeur pour nous.

— Une grande valeur ? Parce que c'est cher ?

Oli pouffa, ce qui eut pour effet d'agrandir encore plus les yeux déjà écarquillés d'Artie. Il but une autre gorgée, et prit le temps de la savourer comme si c'était la première avant de répondre.

— Le miel vient des fleurs qui ont poussé sur les tombes de nos défunts. La fleur que nous devenons deviendra à son tour, grâce aux pollinisateurs, des milliers d'autres fleurs dans lesquelles les abeilles iront chercher de quoi faire leur miel. Le nectar, le miel, c'est pour nous une preuve du cycle de la vie, qui nous revient comme un cadeau. C'est donc un mets d'une certaine importance.

— Ouah… Mais tu aimes aussi tout ce qui est sucré, non ?

— C'est peut-être lié, les fées aiment généralement les sucreries et les desserts. C'est presque dans notre nature. Les aliments les plus doux sont nos préférés, et nous avons beaucoup de mal avec le sel ou les épices.

— Je donnerais tout pour un bon plat de curry jaune.

Oli lui adressa cette fois une grimace, qu'il ne pensait pas. Il n'aurait jamais cru pouvoir se confier à quelqu'un d'autre sur ce genre de choses. Il savait ce qu'il risquait si sa famille apprenait qu'un humain était au courant… Malgré cela, il était presque content qu'Artie ait fini par découvrir son secret. Encore une fois, il était égoïste.

— J'en reviens toujours pas. Tu es une fée.

— Il serait temps de le comprendre, on en parle depuis des heures.

— Nan mais genre… Je connais rien sur les fées.

— Peu de gens connaissent nos spécificités. Depuis des générations on fait en sorte de ne transmettre aux humains que le nécessaire pour alimenter les légendes.

— Ça doit pas être facile de cacher tout ça, tout le temps.

Oli avait fini sa tasse. Il la posa sur la table basse, et ramena ses bras contre son estomac. Il savait qu'il n'aurait pas dû donner autant de détails…

— Oli ?

— Pardon. Je suis fatigué.

— Oh, je vais préparer le lit.

Oli hocha la tête, toujours assis sur le canapé. Artie était planté devant lui, le sourcil levé.

— Bah lève-toi.

— Pardon ?

— Je dois faire le lit, lève-toi.

Ils se regardèrent encore une longue minute, avant qu'Oli ne comprenne.

— Le lit, c'est le canapé ?!

— Bah oui. Tu as vu la taille de la maison ?

— Mais et tu dors où, si le lit c'est le canapé ?

— Ce soir, tu veux dire ? Avec toi.

Si Oli était rouge avant, il était désormais étrangement vert. Vert de colère. Il se leva, furibond.

— Je ne vais pas dormir avec toi !

— Pourquoi pas ? C'est juste huit petites heures de sommeil !

— Je ne vais pas le faire, c'est tout !

— Bah y a pas trop le choix. Soit on dort tous les deux sur le canapé-lit, soit tu dors sur le tapis.

Fairy Ring!

Oli avisa le tapis de mauvais goût, les motifs modernes lui donnaient la nausée. Il prit une longue inspiration, avant d'accepter contre son gré. Alors qu'Artie faisait le lit, il se rongeait les ongles en imaginant la nuit. Il imaginait le corps d'Artie trop proche du sien, sa chaleur qui réchaufferait les draps, ses cheveux blonds qui viendraient chatouiller son dos... Il imaginait son bras autour de sa taille, négligemment posé là dans un mouvement inconscient. Il imaginait son odeur sucrée, aux notes lactées de vanille, qui flotterait tout autour du lit dans le petit espace confiné... Il imaginait déjà comme tout cela pourrait être agréable, presque familier, et ce fut cela qui lui fit le plus peur. Il attrapa trop brutalement l'oreiller que lui tendait Artie, se tirant de force hors de ces songes honteux.

— Okay... Tu veux un pyjama ?

Non. Oui. Oli hocha positivement la tête en évitant de le regarder. Artie fouilla dans un tiroir, et en tira un tee-shirt gris avec un motif coloré, et un pantalon à rayures marron qu'il ne se souvenait même pas posséder. Il avait eu l'air de les prendre sans faire attention, pourtant il avait pris grand soin de sélectionner l'un de ses tee-shirts les plus larges, pour laisser de la place à l'aile fragile de son collègue. Il aurait aimé revoir le merveilleux appendice, son regard criait cette envie curieuse, mais Oli partit se changer dans la salle de bain. Vint finalement l'heure de se coucher pour de bon. Ils se glissèrent sous la couette, Oli se tourna automatiquement dos à son compagnon... Puis changea d'avis en se rappelant la vulnérabilité de ses ailes. Alors, il lui fit face, les yeux fermement clos, des rides de concentration à chaque coin de paupière. Il garda cette position jusqu'à ce qu'il considère qu'Artie avait eu le temps de s'endormir. Seulement alors, il se détendit un peu. Il voulut ouvrir les yeux... Il se figea, la respiration se coupa. Une voix endormie venait briser le silence de la nuit.

— Une fée...

Artie avait parlé doucement. Il fut tout aussi tranquille lorsqu'il approcha ses doigts de la joue d'Oli, pour y déposer une caresse volée.

— Je veux tellement, tellement te connaître.

Il éloigna sa main, et ajusta la couette sur ses épaules avant de se tourner pour se rendormir. Oli, quant à lui, n'ouvrit pas les yeux. Il ne dormit pas non plus.

Le soleil était déjà haut dans le ciel lorsque Oli comprit qu'ils avaient oublié de mettre un réveil. Il n'avait jamais été en retard. Il mettait un point d'honneur à être ponctuel, aimable, souriant... Parfait. Peut-être était-ce un mécanisme pour compenser son handicap, ou peut-être avait-il pris goût à faire semblant. Toujours était-il qu'il n'était jamais en retard, et que ce jour, il le serait. Le fautif dormait profondément, la respiration lente. Il n'osait pas le réveiller, même si le démon sur son épaule lui hurlait de le pousser hors du lit. Il avait passé la nuit à cogiter, à essayer de comprendre ce qu'il ressentait. Il ne reconnaissait pas les émotions qui avaient pris place dans sa cage thoracique habituellement pleine de haine et d'injustice. Il aurait pu se lever, et partir au travail en laissant Artie derrière. Il aurait pu au passage lui prendre le joli bracelet en cuir qu'il avait posé sur la table basse avant de se coucher. Il aurait pu agir comme la fée rancunière qu'il devait être. Ou bien... Ou bien, il pouvait considérer que la tasse de lait chaud de la veille était une offrande suffisante pour effacer sa dette. Il tourna la tête pour apercevoir les deux tasses vides, posées sur le sol à côté de ses vêtements soigneusement pliés en un petit tas propre. Il se murmura à lui-même :

— Et maintenant... ?

— Mmh ?

Oli sursauta, faisant bouger le « lit » qui grinça un peu trop fort.

— Tu es réveillé, constata-t-il en découvrant la petite tête d'Artie qui dépassait des draps.

— Perspicace.

Artie s'autorisa un bâillement exagéré... Avant de retomber face contre oreiller, déjà tout plaintif dès le réveil :

— J'ai pas assez dormi...

— Pourtant, tes ronflements disaient le contraire.

— Je ne ronfle pas !

Il ne ronflait effectivement pas. Oli ne répondit plus, il attrapa ses affaires et se dirigea vers la salle de bain. Il devrait trouver une bonne excuse pour son retard. Il se vêtit à contrecœur ; il n'aimait pas reporter les mêmes vêtements deux jours d'affilée. En enfilant ses gants, il eut un instant d'hésitation : en avait-il vraiment besoin, dans cette maison ? Artie était au courant de tout. Il les passa quand même en soupirant : il ne devait pas prendre de mauvaises habitudes. Lorsqu'il revint dans le salon pour mettre ses chaussures, le canapé était déjà replié, le tas de linge était déjà de retour sur les coussins, et les tasses étaient déjà remplies de nouveau.

— Je t'ai fait un café.

— Je ne bois pas de café. C'est amer.

— Comme ton attitude, répondit Artie du tac au tac.

Oli lui lança un regard noir. Artie reprit en souriant :

— Je peux faire autre chose, si tu préfères.

— Non, je vais partir travailler. Au cas où tu n'aurais pas remarqué, on est déjà en retard de dix minutes.

Artie reposa la brique de lait qu'il venait d'attraper dans le placard. Il ne semblait pas particulièrement en panique, ce qui finit d'agacer Oli.

— Ça ne te dérange pas d'être en retard ?

— Non. Je pensais surtout qu'aujourd'hui, exceptionnellement, on irait pas à l'agence. On a dormi que quelques heures, on s'est pris la pluie hier… Ils comprendront, non ?

Il eut un rire sardonique avant de poursuivre :

— Et puis, soyons réalistes, je n'ai pas grand-chose à perdre : ils ne m'aiment déjà pas, de toute façon.

— Moi, j'ai beaucoup à perdre. Je ne peux pas me permettre d'être aussi inconscient !

— Beaucoup ? Mais ce n'est pas si dramatique, au pire des cas, ils te feront une petite remarque et ça s'arrête là.

— Tu ne comprends pas.

L'estomac d'Oli se retourna quand Artie, apparemment piqué par la remarque, renversa presque les tasses pour le rejoindre et lui attraper le bras. Il était prêt à le repousser de façon acerbe ; il se ravisa en voyant son expression. Artie le tenait fermement, ses ongles étaient enfoncés dans la peau tendre de son poignet… Et pourtant, il le regardait avec des yeux si doux, si sincères… Il le regardait comme s'il voulait le convaincre de rester. Oli ne se dégagea pas de sa prise. Il sentit son estomac revenir à sa position initiale avec les mots qui suivirent :

— Alors, aide-moi à comprendre. Je veux savoir, moi, pourquoi ça te touche à ce point.

Il se souvint en un flash de la main d'Artie sur sa joue, et des paroles qu'il pensait encore avoir rêvées : « Je veux tellement, tellement te connaître ». Il lâcha la poignée de porte qu'il avait attrapée en panique.

— Je veux du miel dans le lait.

— Je m'en occupe.

Il revint s'asseoir. Il regretterait ce choix immature plus tard. Artie avait réchauffé la tasse.

— Je sais que ça doit te faire bizarre, de ne pas y aller. Mais tu sais, ce n'est pas une absence qui va faire une tâche dans ton dossier.

— Je le sais. Mais je dois absolument réussir ce stage.

— Ça va sembler un peu bête, mais… C'est une passion ?

— Pardon ?

Il se gratta la nuque. Oli comprit qu'Artie ne savait pas comment exprimer ce qu'il pensait réellement : clairement, il ne comprenait pas tant d'implication. Cela devait lui paraître ridicule, exagéré.

— Je veux dire… Les fées, vous travaillez juste comme nous, dans ce qui vous intéresse ?

— Pas exactement, non. Il y a des professions qui existent chez nous, et pour nous. La restauration, l'habillement, la médecine… Nous ne pouvons pas aller voir les spécialistes humains.

— La médecine, je comprends encore, mais la nourriture ?

— Juste pour manger selon nos préférences, et aussi pour pouvoir être à l'aise, dans notre élément, répondit Oli avec un sourire attendrissant.

— Ça fait sens.

La discussion était légère, naturelle. Oli n'avait jamais été aussi à l'aise, même avec les siens. Il se laissait aller. Il avait déjà oublié son absence au travail, les remarques qu'il risquait de recevoir, la crainte d'un commentaire négatif dans son dossier…

— Pour le reste… La plupart des fées ne travaillent pas. Et c'est aussi pour ça que je le fais, de mon côté. Tu imagines, devoir cacher les ailes toute la journée, avec le risque immense d'être découvert ? Tu ne soupçonnes pas le nombre de personnes mal intentionnées qui feraient des horreurs aux membres de ma famille… Personne ne croit vraiment que des fées comme nous le sommes existent. Si nous venions à être découverts, nous serions en grand dang…

— Je suis désolé.

Artie avait posé sa main sur la sienne, la prothèse. Il se sentait coupable, c'était évident.

— Si je ne t'avais pas vu ce jour-là, tu aurais pu rester caché, en sécurité.

— Tu as promis de ne rien dire à personne, réagit Oli sur la défensive.

— Je ne dirai rien. Mais je ne veux pas que tu te sentes en danger parce que je suis au courant.

Il ne se sentait absolument pas en danger. C'était sans doute cela le plus terrifiant. Il aurait pu se gifler pour cela. À la place, il reprit ses explications.

— Dans tous les cas, travailler est très compliqué. Mais il est presque impossible de trouver une maison, sans argent. Ou sans emploi « reconnu ». Je veux aider les autres fées à pouvoir accéder à des logements.

— Ça a toujours été comme ça ? Il y a toujours eu des fées qui se sacrifiaient pour que d'autres puissent avoir des maisons ?

— Non.

Oli se ferma brusquement. La situation des fées s'était détériorée avec les innovations dans le milieu du bâtiment, et les nombreux projets de construction dans les banlieues. Les forêts avaient été détruites, les fées délogées. Certaines avaient voulu rester malgré les grands travaux et la déforestation... Il y avait eu tant de fleurs, ces années-là, sur les bords de chemin. Un vrai cimetière végétal. Oli n'était pas né lorsque les premiers bulldozers étaient arrivés. Il en avait entendu parler, de sa mère et de Narcisse qui n'était encore qu'un bambin à l'époque. Ç'avait été une période terrible pour la race des fées, et d'autres créatures des bois. Il ne voulait pas répondre trop méchamment à Artie, qui ne faisait que poser des questions innocentes. Le sujet était un peu sensible, cependant.

— On a pas eu le choix, quand ils ont commencé à construire dans tous les sens…

— Ha… Encore désol…

— Arrête de t'excuser.

Bien qu'Oli eut fait l'effort de répondre le plus vaguement possible, ce dernier sujet avait jeté un froid et la conversation s'arrêta là. Ils parlèrent peu par la suite, échangèrent quelques futilités pour passer le temps. Oli partit en fin d'après-midi, le soleil d'hiver se couchait déjà. Et pourtant, après cette journée plus froide que réconfortante, il retrouva un peu de chaleur dans le sourire qu'Artie lui adressa au moment de l'accompagner jusqu'à la porte :

— On se voit demain au travail, alors.

Fairy Ring!

Chapitre 10

Trouble-fête

Oli était rentré chez lui la tête ailleurs. Il avait laissé son sourire sur le pas de la porte d'Artie, et n'avait embarqué avec lui que ses angoisses. Un fardeau un peu lourd pour une jeune fée de vingt ans… En discutant avec Artie de la situation de sa race, il s'était également rappelé de sa mission principale ; la raison pour laquelle il avait décidé de rejoindre l'agence immobilière. Oli s'était donné pour objectif de reloger le plus de fées possible.

Noyé dans ses pensées, il retira ses chaussures et les rangea soigneusement près de la porte d'entrée, avant de traverser le long couloir qui menait à sa chambre. Sa maison était grande, suffisamment pour sa mère, son frère et lui-même ; avec une petite annexe pour le cabinet médical. Les murs en pierre les gardaient au frais, les rideaux en voile rose ajoutaient une touche de couleur, et les fenêtres étaient composées de petits carreaux fixés dans un cadre vert d'eau. Avec la profession de Narcisse, la maison servait de serre et de pharmacie tout à la fois. Chaque bord de fenêtre offrait un berceau lumineux aux plantes médicinales, et le bord de la cheminée et les poutres du salon dégoulinaient de guirlandes de fleurs séchées, la tête en bas.

Pour leur cuisine, la mère d'Oli avait fabriqué des pots, des tasses et des assiettes en terre cuite. Narcisse et Oli s'amusaient autrefois à les peindre pour les rendre plus uniques ; ils ne le faisaient plus, d'ailleurs, la mère d'Oli ne voulait plus rien avoir à faire avec lui.

Pour elle, il avait confectionné des couverts en argent assortis aux motifs peints sur les assiettes, et les lui avait laissés un soir sur le plan de travail. Ces ustensiles ne quittaient jamais le tiroir.

En fermant derrière lui la porte de sa chambre, toujours plongé dans une profonde réflexion, il remarqua à peine une tasse encore fumante posée sur le coin de son bureau en chêne. Narcisse lui laissait parfois des tisanes ou des médicaments préventifs, inquiet de le voir tomber malade. Oli ne l'en remerciait jamais. Il était un peu superstitieux, et craignait qu'un merci interrompe cette délicate attention.

Il se laissa tomber sur ses draps. Une odeur de lavande apaisa le feu dans son esprit. Il s'agissait de la lessive de sa mère, confectionnée de lierre et de fleurs. La lessive était une des rares choses qu'elle continuait de faire elle-même, à l'ancienne. Autrefois, les fées devaient se débrouiller pour fabriquer ce dont elles avaient besoin : lessive, parfums, vêtements… Avec l'arrivée des humains, toujours plus proches, il leur était cependant devenu compliqué de trouver les ressources adéquates ; les fées empruntaient désormais des vêtements aux humains. Elles leur empruntaient aussi des maisons. Oli soupira longuement en regardant le plafond : cette maison était décidément plus confortable qu'un terrier… Mais il ne s'y sentait pas chez lui.

D'ordinaire les fées vivaient dans d'immenses terriers sous les arbres, pour se protéger des humains, de la chaleur et même du froid. Ces terriers étaient isolés de boue et d'argile, et décorés de meubles faits de bois et de pierre. Certaines fées construisaient des cabanes ou des chalets, et faisaient semblant d'être humaines ; il s'agissait de celles qui avaient besoin de se rapprocher des humains pour récupérer des denrées, des objets. Oli et Narcisse n'avaient jamais eu à subir de front une vague de destruction : quand ils n'étaient que des enfants, leur mère avait décidé de trouver une maison et d'abandonner leur terrier, après la mort de leur père lors de la première vague de destruction des forêts. Elle avait trouvé un domaine abandonné, avait récupéré en offrande, par quelques moyens peu conventionnels, de l'argent dans son cercle de fées, et avait déposé une offre. Elle avait ensuite réhabilité la maison avec ses deux fils. Oli voulait permettre à toutes les fées qui se sentaient en danger de faire de même… C'était un rêve, un peu naïf.

Il rêvait de sauver les fées… Mais aussi de se sentir utile, de se sentir apprécié. Il s'en souvint en entendant toquer à sa porte : Narcisse avait deviné qu'il était de retour chez eux.

— Vas-y, entre, soupira-t-il en se redressant sur le lit.

Son frère poussa la porte, et la referma soigneusement derrière lui. Oli avisa son costume vert en velours, emprunté aux humains, et décoré de boutons d'or gravés sur des pièces de métal par Oli qui avait voulu lui faire plaisir. Avec ses yeux clairs et ses cheveux soyeux, Narcisse avait l'air d'un ange plus que d'une fée. Oli lâcha un autre soupir en se relevant de son lit, pour aller chercher la tasse sur son bureau.

— Tu n'as pas bu ta tisane, constata Narcisse.

— Non. Je n'en avais pas envie.

— C'est plein de bonnes choses, ça va te protéger des virus…

— Je devrais m'en sortir sans l'aide du gingembre, merci.

Oli était acerbe, mais pas contre la tisane. Il ne la boirait pas.

— Tu vas aller à la fête de ce soir.

Ce n'était pas une question, Oli le savait. Narcisse répondit innocemment :

— Oui, notre mère a insisté.

— Et je suppose qu'elle a insisté pour que je reste bien sagement dans ma chambre ? lança ironiquement Oli, avec l'envie de lancer sa tasse sur le parquet.

— Ne sois pas trop dur avec elle... Ce n'est pas facile pour elle non plus.

Évidemment... Narcisse aimait son frère, mais il aimait aussi sa mère. Et sa mère n'aimait pas Oli.

— Tu peux venir, si tu veux..., tenta Narcisse.

— Non, merci. Je vais rester ici, je voulais travailler sur ma prothèse.

— Elle te fait mal ? paniqua son frère en se précipitant à ses côtés pour lui attraper le bras.

— Non, pas vraiment. Elle bloque un peu, il a beaucoup plu.

Oli restait évasif, et neutre. Intérieurement, il bouillonnait. Son frère s'assura qu'il n'avait vraiment aucune douleur avant de se mettre en route pour sa soirée. Oli le regarda partir avec une envie immature de lui tirer la langue et de claquer la porte. Il aurait aimé aller danser, lui aussi...

Il avait honte d'avoir cédé à son envie. Tapis derrière un imposant châtaignier, il observait de loin les fées danser sous les lampions colorés. La flamme des bougies valsait avec elles, produisant un spectacle d'ombres fantômes sur les troncs des arbres environnants. Oli savait que le sentiment de nostalgie qu'il ressentait était illégitime : cela faisait bien quinze ans qu'il n'avait pas pu profiter d'une fête comme celle-ci, et il n'y avait jamais vraiment eu sa place. En les regardant, il avait en bouche le goût sucré du vin des fées qui faisait tourner la tête... Et celui plus amer de la solitude qui lui retournait le cœur. Il aurait aimé avoir le goût du pain aux herbes que dégustaient les fées assises à même le sol ; cependant il n'avait pas l'occasion d'y goûter.

Sa mère aurait détesté le savoir ici. Elle détestait le voir partout. Il l'avait aperçue au loin, elle distribuait des coupes de vin de fleurs pour les invités autour d'elle. Dans son monde, acceptée par les siens, son fils était une épine de ronce dans son pied délicat. Narcisse avait essayé de la convaincre de le laisser venir danser... En vain.

Oli ferma les yeux pour mieux entendre la musique de la fête. Il connaissait ces airs enjoués sur des tambours, des flûtes de pan, et autres instruments à vent. Petit, il venait danser à toutes les fêtes, et sa mère le gavait de miel en le bénissant d'une longue et belle vie ; tout en priant pour voir un jour pousser sa deuxième aile.

Emporté par la mélodie, Oli se balança d'un pied à l'autre, trop honteux pour danser vraiment mais pas assez pour ne pas en profiter. Il adorait danser. C'était une chose naturelle pour les fées, dont les sens étaient décuplés. À travers leur danse, elles ressentaient chaque note de la musique, chaque foulée sur la terre humide. Elles dansaient pieds nus, pour se reconnecter à leurs racines.

Oli était venu chaussé, de ses mocassins de ville vernies. Il les avait achetées, avec de l'argent que Narcisse avait récolté d'un malheureux tombé dans son cercle. À cette époque, leur mère avait encore des difficultés à s'occuper de la maison, et une maison humaine demandait des agencements humains. Alors, Narcisse avait dû se résoudre à attendre de l'argent en offrande, comme leur mère avait eu à le faire à l'époque ; plutôt que des sucreries. Il l'avait fait comprendre en chapardant les porte-monnaie, les tirelires et les bijoux précieux. Oli savait qu'il avait détesté faire cela : c'était contre leurs principes initiaux. Mais « la faim » justifiait les moyens…

L'estomac d'Oli gargouilla plaintivement, le ramenant à sa triste réalité de paria. Il n'avait pas mangé avant de partir. Un autre goût vint remplacer celui de l'amertume, un goût très spécifique. Le lait au miel que lui avait préparé Artie avait une saveur bien à lui, un ingrédient secret qu'Oli n'avait pas reconnu. Il voulait y regoûter. Il se remit à regarder la fête en se tenant le ventre. Artie ne pourrait jamais découvrir les danses des fées, les comparer à celles des humains dans leurs boîtes de nuit. Il ne pourrait jamais goûter au vin de sureau ou sautiller pieds nus sur de la musique féerique. Artie ne pourrait jamais découvrir son monde comme Oli pouvait découvrir le sien. Artie n'avait pas sa place avec les fées. Oli non plus.

Il avait les yeux qui le brûlaient. Il mit cela sur le compte de la fatigue et du vent ; qui lui porta une odeur de lavande. Les sens en alerte, Oli se retourna en position défensive. Une fée d'une quarantaine d'années se tenait devant lui, les bras croisés sous sa poitrine. Elle avait des cheveux châtains et des yeux tristes, noirs comme une nuit sans étoiles. Des étoiles y brillaient, auparavant, dans ce regard onyx. Elles avaient disparu il y avait quinze ans.

— Qu'est-ce que tu fais ici ? J'avais dit à Narcisse de te demander de rester à la maison.

— Bonsoir, mère.

— Ne sois pas insolent. Ce n'est pas un bon soir. Rentre, tout de suite.

Elle lui parlait sans le regarder. Oli savait que ça lui faisait mal de le voir, de voir l'échec qu'était son deuxième fils. Il ne lui en voulait même plus. Il passa devant elle en cherchant malgré tout à croiser ses yeux, des yeux qui étaient la copie conforme des siens. Elle ne lui fit pas le plaisir de le regarder partir. Oli rentra seul à la maison, et ne mangea finalement rien. Il avait le cœur si plein de larmes que son estomac s'y noyait. Il avait l'habitude d'être détesté. Ce n'était pas cela, qui le faisait pleurer. Ce qui le faisait pleurer, c'était de savoir qu'il y avait une personne qui ne le laisserait plus se sentir seul, qui ne le laisserait plus se sentir nul. Une personne qui avait les yeux de la couleur du chocolat et un parfum de vanille. Un humain qui ne comprendrait jamais la vie d'une fée. Et pourtant, il voulait tant qu'il fasse partie de sa vie à lui…

Fairy Ring!

Chapitre 11

Un nuage d'orage

Artie n'arrivait pas à se concentrer sur le tableur ouvert devant lui. Il avait essayé de se plonger dans son travail, sans grand succès, et ce, depuis le début de sa journée. La semaine précédente, il avait invité Oli à dormir chez lui. Il avait par la même occasion compris qu'il ressentait quelque chose de plus fort que ce qu'il pensait. Incapable de s'exprimer sur le sujet, il s'était contenté d'échanger quelques banalités avec son collègue, quelques piques comme ils en avaient l'habitude, et c'était tout.

Ils n'avaient pas reparlé de sujets plus sérieux, leur dernière conversation avait été pleine de révélations pour Artie qui était encore un peu perdu. Il avait étonnamment bien accepté le fait de se retrouver face à une vraie fée, ce qui le surprenait lui-même un peu. Il marchait encore sur des œufs lorsqu'il devait s'adresser à Oli, il ne voulait pas dire quelque chose de délicat. Il ne savait plus non plus en quoi consistait réellement leur relation : étaient-ils amis ? Faisaient-ils simplement une trêve ? Ou alors, étaient-ils liés par ce secret qui les forçait à se rapprocher malgré leurs affinités d'origine ?

Il se posait ces questions en boucle, cela l'empêchait de dormir, de travailler… Pas de manger. Il était midi passé, il était grand temps de sortir sa boîte-repas. Son dessert n'y était pas. Cette fois cependant, il ne s'en formalisa pas. Il savait à qui s'adresser pour le récupérer. Il avait attendu une bonne excuse pour aller discuter avec Oli toute la semaine. Sautillant de joie, il fit rouler sa chaise en se levant, manqua de se prendre les pieds dans la bandoulière de sa sacoche, et bouscula l'épaule d'un collègue dans le couloir.

— Fais attention où tu marches ! Ça t'a déjà porté préjudice une fois.

La voix grave d'Oli vint chanter jusqu'à ses oreilles, il s'arrêta en plein milieu du couloir avec un grand sourire.

— Je te cherchais !

— Pourquoi, tu avais du temps à perdre ?

Artie ouvrit la bouche, la garda ouverte comme un mignon petit poisson rouge, et la referma en se rendant compte du ridicule de cette situation : il était venu réclamer son dessert ? Ou juste réclamer son attention ?

— Je voulais savoir si… Tu as déjà mangé ?

— Non. Je reviens d'un rendez-vous.

— Tu veux… qu'on mange ensemble ?

— Je ne…

— Albert !

Artie se retourna vivement, et manqua de pleurer en apercevant les boucles brunes de sa meilleure amie. Charlotte lui courut dans les bras, sa jolie jupe couleur lavande flottait autour de ses chevilles et le parfum qu'elle portait lui rappelait une campagne ensoleillée. Elle venait de donner à sa journée un air de vacances. Artie la serra dans ses bras en lui demandant, la surprise donnant à sa voix un timbre aigu qui ne lui allait pas du tout :

— Mais qu'est-ce que tu fais ici ?!

— J'avais promis de venir te voir !

— Vraiment ??

— Non.

Il la repoussa en faisant semblant d'être choqué. Elle se mit à rire, lui frappant l'épaule à chaque éclat. Elle exagérait, bien sûr, mais Artie aimait cette facette de sa personnalité, qu'elle ne dévoilait qu'à peu de monde. Elle n'avait sans doute même pas remarqué la présence d'Oli juste derrière eux.

— Sérieusement, pourquoi tu es venue ?

— Je fais un article sur la région ! Plus concrètement, l'immobilier dans la région. Enfin, dans les zones rurales. J'ai croisé ta mère l'autre jour en ville, et on a discuté un peu. Elle m'a conseillé de demander à ton agence s'ils étaient d'accord pour m'aider pour mon article et ils ont répondu positivement !

— Ma mère t'a proposé de venir ? Elle essaie de tous nous enterrer à la campagne ?

Il était aux anges. Lui qui se sentait si seul dans son cottage, il allait enfin avoir quelqu'un avec qui papoter le soir, en mangeant des céréales sur le canapé-lit. Il avait complètement oublié son dessert, et presque oublié son collègue. Il se souvint de l'avoir croisé seulement lorsque Charlotte le mentionna, se plaignant qu'il ne lui avait pas présenté le charmant jeune homme. Artie, l'euphorie retombée, eut quelques regrets : lui qui avait enfin trouvé une bonne raison pour discuter avec Oli… Il tenterait sa chance plus tard.

Il passa le reste de l'après-midi avec Charlotte, après en avoir reçu l'autorisation de la part du patron. Il ne fut pas spécialement utile, il bavardait sur des éléments de son quotidien sans parler de son métier. Charlotte ne lui réclama pas plus de sérieux. Ce fut une des meilleures journées d'Artie qui ne vit pas les heures défiler. Il invita Charlotte à dîner dans le cottage, elle accepta avec plaisir.

— Mais il n'y aura plus de bus après vingt heures… Je ne vais pas pouvoir retourner à la chambre d'hôtes.

— Tu peux dormir à la maison ! On peut faire un détour par ta chambre pour attraper quelques affaires ?

— Ça me va !

Artie voulut répondre, un coup dans son dos le fit s'étouffer avec ses mots. Il porta une main à son épaule en se plaignant… Il n'eut pas le temps d'apostropher son agresseur de couloir :

— Ça fait deux fois. Je vais commencer à croire que tu le fais exprès.

— Oli ! Désolé… Attends, c'est toi qui viens de me rentrer dedans, là ?

— Tu bloquais le chemin. Si tu ne veux pas travailler, au moins, n'empêche pas les autres de le faire, lança-t-il avec hargne.

Oli n'était pas dans son état normal. Bien sûr, Artie avait l'habitude de recevoir ce genre de remarques de sa part. Simplement, il avait entendu dans le fond de sa voix une note exaspérée qu'il ne connaissait pas. Et les yeux sanpaku qui le fixaient débordaient d'amertume.

— Pousse-toi, j'ai dit.

— Excusez-moi, mais nous sommes en train de travailler aussi ! répondit une voix fluette.

Charlotte était intervenue, apparemment outrée par l'attitude du beau châtain. Toute l'admiration qu'elle avait pu ressentir à son égard venait de se transformer en déception. Elle soutenait son regard, ses mèches bouclées devant ses yeux sombres. Artie regardait sa meilleure amie se confronter à son collègue, et tout ce qu'il voyait c'était l'aura terriblement séduisante d'Oli qui regardait Charlotte avec condescendance.

— Je ne sais pas qui vous êtes, mais ici, on ne travaille pas en plein milieu du passage.

— Chez moi, on demande poliment aux gens de s'écarter.

Il devait mettre un terme à ce combat inutile. Sans réfléchir, il attrapa doucement le bras d'Oli, ce qui eut pour effet de choquer Charlotte qui ouvrit la bouche en une exclamation silencieuse. Il avait attrapé la mauvaise personne.

— Oli, laisse tomber. On va aller discuter dehors, désolé.

La fée ne bougeait plus. Il regardait la main d'Artie qui était encore posée sur son avant-bras, et ce dernier put assister à une transformation incroyable : le regard méprisant d'Oli se métamorphosa en un regard satisfait, qu'il adressa directement à Charlotte avant de s'éloigner sans plus de vague. La jeune femme, incrédule, le regarda partir sans refermer la bouche. Artie dut la ramener à la réalité en lui tapotant la joue.

— Charlotte ? Il a pas été cool…

— Il était jaloux ?

— Hein ? Artie haussa un sourcil.

— C'était qui, ce gars ?

— Oh, tu sais, je t'en ai parlé…

— Oleander ? Il était jaloux.

— N'importe quoi. Il était agacé, comme d'habitude. Ne fais pas attention à lui.

Artie mentait. Il avait également trouvé son attitude un peu étrange, même s'il n'osait pas l'apparenter à de la jalousie. Il y pensa tout le long du trajet, n'écoutant que d'une oreille distraite les derniers ragots sur leur groupe d'amis qui vivaient encore en ville. En arrivant devant la chambre d'hôtes afin que Charlotte récupère son pyjama, il réussit à se persuader que non, Oli ne pouvait pas être jaloux. Il ne l'aimait pas vraiment, de toute façon.

— Donc, tu es en train de me dire qu'il est toujours comme ça avec toi ?

— Oui.

— Et que tu penses qu'il ne t'aime pas ?

— Il ne m'aime pas. Il me l'a dit.

— Ah bon ?

Artie ébouriffa ses cheveux dorés, exaspéré. Cela faisait une bonne demi-heure que Charlotte avait recommencé à le harceler avec ses questions sur Oli. Il avait réussi à éviter le sujet au moment du repas, avait contourné les questions en préparant la coupe de glace du dessert, et avait presque trouvé une passade pour ne pas en parler devant la télé… Le programme qui s'était lancé quand il avait appuyé sur la télécommande avait ruiné ses efforts. Le reportage sur les légendes et contes de notre enfance avait rappelé à Charlotte les réflexions de sa mère sur les fées de la région, et sur Oli.

— Moi, de ce que j'en ai vu, de ce que tu m'en as dit, il t'apprécie quand même beaucoup, ce Oli.

— Il m'embête tout le temps.

— Il te charrie, je pense.

— Charlotte… Je te dis que ce n'est pas ça. Il se sent juste obligé de continuer à me parler après que…

Il se mordit la lèvre : il avait failli dévoiler son secret. Artie ne pouvait pas avouer à Charlotte que son beau collègue ténébreux était en réalité une jolie petite fée avec de belles ailes chatoyantes.

— Après que nous avons dû travailler ensemble sur une annonce.

— À d'autres.

Il savait qu'elle restait sceptique, mais il ne voulait pas continuer cette conversation. Ils finirent le reportage, et allèrent se coucher. En s'allongeant près de son amie, Artie ne put s'empêcher de constater que son cœur battait parfaitement normalement, et qu'il n'appréhendait pas du tout cette nuit en sa compagnie. En faisant le parallèle avec sa nuit avec Oli, il fut plongé dans une profonde réflexion. Il n'avait pas oublié les frissons qui avaient couru le long de son dos lorsqu'il s'était glissé dans les draps aux côtés de son collègue aux cheveux châtains. Il avait sur l'instant décidé de croire que c'était la situation, plus que la personne, qui le mettait dans cet état. Force lui était d'admettre que ce n'était pas le cas. Il s'endormit avec l'étrange impression de trahir Oli, ce qui ne faisait aucun sens. Il se réveilla donc d'humeur orageuse, ce qui n'échappa pas à Charlotte qui buvait son thé en silence depuis qu'elle avait voulu lui dire bonjour, et qu'il lui avait répondu en bougonnant.

— Bah dis donc, je t'ai poussé dans la nuit, pour que tu sois aussi ronchon ?

— J'ai mal dormi.

— Je vois ça. Désolée d'avoir osé prendre de la place dans le lit.

— Non…

Il força un sourire. Il savait qu'il était désagréable sans raison, ce matin.

— Ce n'est pas contre toi, désolé. J'ai juste plein de trucs en tête.

Charlotte ne restait que jusqu'au lendemain, cette journée allait donc être le dernier jour qu'il pourrait passer en sa compagnie. Il ne voulait pas le gâcher avec sa mauvaise tête. Ils se préparèrent en plaisantant légèrement, et une fois arrivé au bureau, Artie était décidé à l'aider sur son article.

Oli était déjà arrivé, il tapait sur son clavier un peu trop bruyamment et ignora royalement leur « bonjour ». Charlotte le surveillait du coin de l'œil, Artie ne réagit pas. Il ne voulait pas y penser pour l'instant, tout était bien trop confus. Il ne put pourtant s'empêcher de remarquer l'étrange position d'Oli, qui courbait le dos plus qu'à l'accoutumée. Il n'avait pas l'air à l'aise sur sa chaise, se tordant parfois de droite à gauche, roulant les épaules toutes les deux minutes en grimaçant. Charlotte dut le rappeler plusieurs fois afin qu'il se concentre. Après une autre demi-heure, Oli finit par se lever de sa chaise, la poussant avec force en arrière. Le dossier qui heurta les tiroirs en métal fit sursauter les deux amis, et Charlotte poussa un petit cri de surprise qui lui valut un regard chargé de mépris. Elle n'accepta pas celui-ci.

— Il y a un problème ? grogna-t-elle en rendant son sale regard à Oli.

— Apparemment. Il semblerait que ça soit trop compliqué pour vous de travailler dans le silence.

— C'est toi qui viens d'envoyer valser le mobilier !

— Ça fait deux heures que vous vous chuchotez dans les oreilles.

— Nous travaillons, figure-toi.

— Et vous avez besoin de vous coller comme ça pour le faire ?

Artie ne comprenait cette fois pas sa réaction. Qu'est-ce qui lui posait souci, ici ? Le fait qu'ils discutaient trop bruyamment, ou le fait qu'ils étaient épaule contre épaule ? Il commençait à être agacé par cette attitude irrespectueuse ; il n'aimait pas qu'on insulte ses amis.

— Tu exagères. On chuchotait pour pas te déranger. Tu ne travaillais pas tant non plus. Et ce bureau n'est pas qu'à toi, exprima le plus calmement possible Artie.

— Et donc, tu veux continuer à la cajoler pendant que j'essaie d'avancer sur nos dossiers ?!

— Je ne la « cajole » pas, je travaille avec une pote. Et je vois pas en quoi ça te concerne ?

Cette fois, Artie était en colère.

— Elle minaude depuis qu'elle est arrivée, c'est dégoûtant, répliqua Oli en fronçant le nez.

— Tu vas arrêter, maintenant. Charlotte ne t'a absolument rien fait, et tu n'as pas cessé de l'insulter depuis son arrivée. Tu agis comme un sale con. Je croyais que ce genre de discrimination infondée te posait problème ? Tu n'es pas mieux que les autres !

Artie n'avait pas respiré en lançant sa tirade, et désormais il n'osait pas reprendre sa respiration devant Oli qui fulminait.

— Donc, tu la défends.

— Bien sûr ! Elle n'a rien fait de mal !

— Très bien.

Il lui marcha sur le pied en quittant le bureau. Charlotte se leva pour le suivre, prête à en découdre. Artie l'en empêcha d'un seul geste.

— Non. Reste ici. Je vais aller le voir.

— Mais il mérite même pas que tu ailles le chercher ! C'est quoi cette attitude ?!

— Je ne sais pas… Je ne sais pas. Il n'est pas du genre à perdre son sang-froid.

Oli était généralement hautain, rarement furieux. Ce n'était vraiment pas normal. S'était-il passé quelque chose dans sa famille ? Artie était parti dans le couloir, bien décidé à avoir une bonne discussion avec la fée. Les mots de Charlotte revinrent le hanter alors qu'il ouvrait toutes les portes sur son chemin : « il est jaloux ». Il se mit à avancer plus vite, jusqu'à courir à travers l'agence. Oli ne pouvait pas être jaloux. Il n'avait pas de raison d'être jaloux… Artie s'arrêta dans la salle de pause. À travers la baie vitrée, il devina la silhouette de son collègue, accroupi dos au mur. Il prit quelques secondes pour l'observer avant de le rejoindre. Oli était d'une beauté si saisissante, imprécise. Il avait le visage fermé, les cheveux mal coiffés, et l'air dégingandé. Il l'enchantait, littéralement. Artie toussota un peu pour attirer son attention.

— Euh… Hey.

— Tu es là.

Il avait relevé brièvement les yeux. Dans sa main il avait un petit pain au lait, qu'Artie reconnut comme étant celui qu'il avait emballé le matin même pour son goûter. Son visage s'adoucit.

— Alors c'était toi aussi, hier, qui avais pris mon yaourt.

— Désolé.

— Tu peux le manger. Je m'en moque.

Il s'accroupit à côté de lui, l'un de ses genoux craqua. Son cœur fut lui aussi victime d'un craquement, quand Oli murmura tout bas :

— Je ne voulais pas te blesser…

Sa voix qu'Artie connaissait assurée avait tremblé sur ces six petits mots.

— Je n'ai pas compris pourquoi tu étais comme ça. Je veux dire, je sais que tu ne m'aimes pas mais…

— Que je ne t'aime pas ?

La voilà, la voix qu'il connaissait, elle était de retour et elle semblait vexée.

— Artie, j'ai agi de la mauvaise façon. J'étais agacé sans raison, et j'ai passé ma colère sur elle… Sur toi. Je vais aller m'excuser auprès d'elle.

— Elle te pardonnera. Charlotte n'est pas rancunière.

— Elle a l'air pleine de caractère. Je suppose que vous allez bien ensemble.

Cette fois, Artie ne put s'empêcher de crier, réagissant vivement, inquiet de ce malentendu.

— Nous ne sommes pas ensemble comme ça ! Charlotte est ma meilleure amie, mais jamais nous ne pourrions être plus. Crois-moi, ça ne peut pas arriver.

— Oh.

La tension dans les épaules d'Oli sembla disparaître, il se détendit à l'entente de cette certitude. Artie ne pouvait plus ignorer les signaux trop évidents. Il se rapprocha un peu de lui, et leurs genoux s'effleurèrent.

— Je suis désolé aussi, si tu étais mal à l'aise. Mais tu sais, ça ne peut pas être Charlotte que j'aime. Ce n'est vraiment pas mon type.

— Quel serait ton type, alors ?

La main d'Artie chercha dans le vide, finit par s'accrocher sur la manche d'Oli. Ses doigts remontèrent le chemin qui menait à son poignet, s'y nouèrent en un bracelet brûlant.

— Mon type, ce serait quelqu'un de malicieux et de cynique, qui aurait dans le dos une aile unique…

Oli avait fermé les paupières, son autre main était venue se poser d'elle-même sur celle, étrangère, qui tenait son poignet. Il n'y avait bien sûr qu'une réponse à cette déclaration, mais il n'osait pas franchir le pas. Artie le fit à sa place. Le plus délicatement possible, très conscient de ses mouvements, il approcha ses lèvres de celles d'Oli. Le baiser qu'il déposa au coin de ses lèvres avait la légèreté d'un battement d'ailes de papillon. Pourtant, l'empreinte qu'il y laissa était lourde de promesses.

Fairy Ring!

Chapitre 12

La fée bricoleuse

Charlotte était partie avant qu'Artie n'ait à se rendre à l'agence. Il avait donc pu l'accompagner jusqu'à la gare, et lui souhaiter bon voyage avec quelques larmes et beaucoup de plaintes. Elle avait promis de revenir, plus longtemps la prochaine fois. D'après elle, la campagne était finalement très agréable et elle avait envie de se promener dans les environs ; et rencontrer sa fée à elle. Artie ne lui avait évidemment pas dévoilé les secrets qu'il gardait, il savait donc que Charlotte ne faisait que plaisanter… Si elle avait su à quel point il était difficile de contenter une fée !

En parlant de fées, la sienne pointait le bout de ses ailes, à l'angle de la rue qui menait à l'agence. Artie commença à trotter pour le rejoindre, puis ralentit le pas au milieu du chemin. Qu'allait-il lui dire ? Après le baiser qu'ils avaient échangé, il ne lui avait pas réellement reparlé. Devait-il agir comme d'habitude ? Attendre un autre signe de sa part ? Il ne savait pas exactement comment définir leur relation actuelle.

Il ne le rattrapa donc pas, et arriva quelques minutes derrière lui au travail. Il salua ses collègues, Didier lui répondit en critiquant son pull-over rayé en lui demandant où il avait garé son bateau. Artie lui répondit en souriant qu'il ne réagirait pas à cette plaisanterie pour ne pas faire de vagues, et personne ne sembla comprendre le jeu de mots. Oli aurait compris et l'aurait regardé de travers.

Malheureusement, il n'était pas dans le bureau, ni dans la salle de pause. Artie se fit la réflexion qu'il passait beaucoup de temps à lui courir après, finalement. Il ne s'inquiétait pas tant, il savait que son collègue était bien arrivé au boulot, juste avant lui, et qu'il était sans doute dans un coin. Il le retrouva en milieu de matinée, dans leur bureau partagé. Oli lui sourit en le voyant, et même son sourire semblait soupirer de fatigue. Il avait le teint froid, ses mouvements étaient lents. Plus encore, lorsque Artie tapota la poche avant de son sac, il constata que son goûter y était encore. Oli n'était décidément pas dans son assiette.

— Tu as fini le planning pour la semaine prochaine ?

— Je viens de terminer… Je te l'envoie par mail ?

— Nan, par pigeon voyageur, histoire d'être sûr que je le reçoive avant demain.

Peut-être qu'il était en parfaite santé, finalement. Artie lui tira la langue, rassuré par sa réponse ironique. Ce sentiment de soulagement ne dura que cinq autres minutes, il fut bien vite remplacé par un sursaut de frayeur lorsqu'il vit son collègue osciller, et finalement s'écrouler près du mur, inconscient.

Sa première réaction fut une panique incontrôlable qui le fit secouer Oli par les épaules, en lui criant dessus. Ce fut bien évidemment inefficace, en plus d'être dangereux. Il le réalisa lorsqu'il cogna sans le vouloir le sommet du crâne de son collègue contre le mur. Il changea alors de méthode. Délicatement, il posa sa tête sur ses genoux. Son front lui parut brûlant. Inquiet d'une potentielle fièvre, il fouilla d'une main dans le dernier tiroir du bureau, qui était accessible depuis leur position. La boîte à pharmacie en plastique lui blessa le pouce, il ignora la petite coupure. Il espérait trouver un thermomètre... Là aussi, ce fut vain. Enfin, son cerveau se reconnecta et il sortit son téléphone pour appeler les pompiers. Il se prépara également à appeler en hurlant ses autres collègues, mais avant qu'un son puisse sortir de sa bouche grande ouverte, une main froide la recouvrit. Oli avait ouvert les yeux.

— Repose ton téléphone. Je ne peux pas voir de médecin humain.

Artie se sentit stupide d'avoir oublié les particularités physiques de son... ami ? Amant ? Collègue ? Il ne savait plus comment le décrire. Il tira sur son poignet pour libérer sa parole.

— Mais tu ne peux pas rester dans cet état. Qu'est-ce que je peux faire ?

Oli sembla réfléchir, ses yeux rouges de fièvre papillonnant entre lui et la fenêtre.

— Préviens les collègues que tu me raccompagnes. Trouve une excuse. On va aller au cabinet de mon frère.

— Chez ton frère ?

Il rencontrerait déjà sa belle-famille ? Artie se leva en tremblant, les jambes flageolantes. Il allait rencontrer une autre fée ? Le frère d'Oli ? Il n'arrivait pas à y croire. Il le devait bien cependant, le temps lui manquait. Oli s'était adossé au mur, mais il était dangereusement pâle et son souffle était saccadé. Il rassembla leurs affaires sur ses épaules, prévint leur patron de leur départ imminent et soutint Oli jusqu'à l'extérieur.

— Je vais où ?

— On doit traverser la forêt. Je vais te guider.

Artie sentait la fièvre brûler la peau de son épaule, là où reposait la tête d'Oli qui peinait à garder conscience. Il marcha vite, trop vite, trébuchant à maintes reprises. Les instructions d'Oli étaient parfaitement claires malgré son état, si bien qu'ils arrivèrent rapidement à une petite clairière à partir de laquelle on pouvait suivre un chemin unique. Le chemin était bordé de fleurs sauvages, et de quelques ronces qui vinrent s'accrocher aux chaussettes d'Artie. Curieusement, les épines noires semblaient éviter soigneusement de s'attaquer aux chevilles d'Oli.

— Artie…

— Mmh ?

Artie fut tiré de ses pensées. Il releva doucement du bout des doigts le visage d'Oleander, concentré pour lire sur ses lèvres plutôt que l'entendre. Il parlait très bas, ses mots se transformaient en murmures.

— C'est un secret, cet endroit. Mon frère… interdit d'en parler.

— Promis.

Ce fut sa promesse qui acheva Oli. Il s'affaissa contre lui, Artie perdit l'équilibre.

— Attends ! Hey…

— Qu'est-ce que… Oleander ?

Artie leva les yeux, et les baissa presque instantanément : il se devait de saluer le frère d'Oleander, et médecin des fées.

La tasse de lait était trop chaude pour ses mains. Il la gardait malgré cela serrée entre ses paumes, les yeux rivés sur les ondulations de la boisson. Oli était allongé sur une table, sur le ventre. Artie se demandait s'il dormait toujours sur le ventre. Il se souvint l'avoir vu s'endormir de côté, lorsqu'il était venu chez lui. Avec son aile fragile, dormir confortablement devait être complexe. Il n'osait pas trop le regarder, n'osait pas non plus observer son environnement… Alors, il fixait son lait.

— Tu n'aimes pas ça ?

— Pardon ?

Narcisse lui désigna la tasse du bout de son menton pointu, ses deux mains posées sur le dos de son frère. Contrairement à ce dernier, Narcisse avait une beauté plus évidente. Il avait les mêmes cheveux noisette et la même morphologie fine. En revanche, ses yeux étaient clairs et avenants, il avait un sourire chaleureux et une voix douce. Artie se sentait tout petit à côté de sa sage aura.

— Ha, si, c'est très bien…

— C'est Oleander qui t'a demandé de l'amener ici, je présume ?

— Oui ! Je voulais appeler les pompiers mais il…

— Tu as bien fait. Merci.

Artie bafouilla une réponse bateau. Il ne savait plus où se mettre.

— Il va s'en remettre ?

— Ce n'est rien, il a juste attrapé un rhume. Nous sommes habituellement immunisés face à ce genre de maladie, mais il arrive parfois qu'un contact trop prolongé avec les humains amenuise nos défenses immunitaires...

— Oh...

Narcisse le fixait, il semblait attendre une réponse différente. Il plissa les yeux, et son regard se durcit. Il avait l'air frustré.

— Je suppose, en voyant ta réaction, que tu es déjà au courant de qui nous sommes ?

— Je...

Il acquiesça en silence, et Narcisse but une gorgée de son lait sans poursuivre.

Artie renifla le plus silencieusement possible. Était-ce le baiser qu'ils avaient échangé qui avait rendu Oli malade ? Artie avait bien senti qu'il couvait un petit rhume, mais il n'avait pas jugé cela grave au point d'en informer son travail... Ou son collègue. Il s'en voulait terriblement.

— Je suis désolé...

— Pourquoi ? Tu l'as aidé, aujourd'hui.

Il hocha la tête. Narcisse se leva pour examiner son frère. Il releva la chemise d'Oleander, découvrant son dos et ses ailes. La grande aile colorée faisait de l'ombre à sa petite aile jumelle. Artie ne put s'empêcher de l'admirer encore, et il sut en cet instant que jamais il ne se lasserait de voir pareille merveille. Il réalisa également que la peau pâle de son collègue faisait naître dans son estomac une chaleur qui n'avait rien à voir avec le lait fumant qu'il tenait dans ses mains. Il toussota pour masquer son trouble.

— Dites…

— Tu peux me tutoyer. Ce n'est pas tous les jours que je reçois un humain dans mon cabinet, tu dois être spécial. Donc, soyons plus proches, veux-tu ?

— Dis… Euh, Narcisse. Est-ce que ça lui fait mal, ses ailes ? Je veux dire… Il ne peut pas voler, si ?

— Non. Oleander ne peut pas voler avec une seule aile, mais elle reste fonctionnelle.

— Et sa main ? Enfin, son absence de main… Il a mal ?

Narcisse lui fit de gros yeux, avant d'éclater de rire. Il baissa doucement la chemise d'Oli, prenant soin de bien remettre ses ailes en dessous.

— Tu es au courant de tout, il semblerait ! Oui, sa main lui fait mal. C'est la prothèse, qui est difficilement supportable. Il a travaillé dur pour la confectionner donc il en est très fier, mais elle est un peu trop vieille.

— Il l'a faite lui-même ?!

— Donc, tu ne sais pas tout, finalement.

Narcisse lui fit signe de le suivre dans la pièce qui jouxtait le cabinet. Il poussa la lourde porte qui, par miracle, ne claqua pas.

— On va le laisser dormir.

Il l'invita à s'asseoir sur une chaise médaillon très jolie, aux pieds sculptés sur un modèle de lierre grimpant.

— Oleander est une fée très manuelle. Il confectionne tout un tas d'outils en tout genre, d'accessoires, de bijoux… C'est lui qui a fait la plupart de mes ustensiles, et il a également sculpté la chaise sur laquelle tu es assis. Il a fait plusieurs prototypes de prothèse pour son bras, celle qu'il porte est la première qu'il garde aussi longtemps.

— Personne ne pouvait lui en faire une ?

— Les autres fées ne sont pas très… Compréhensives.

Il se souvint vaguement d'avoir entendu Oli le mentionner. Il n'avait que peu d'amis dans sa propre famille, et détestait les humains. Il avait dû se sentir si seul, en grandissant…

— Toi aussi, tu nous détestes ? demanda timidement Artie.

— Non… Je ne vous connais pas, et je n'en ai pas forcément envie. Nous avons une histoire assez sanguinolente avec votre peuple. C'est le problème, lorsque notre présence sur Terre est considérée comme une légende. Nous n'existons pas si vous ne voulez pas croire en nous. Et les horreurs que vous commettez n'existent pas si nous n'existons pas, n'est-ce pas ?

— Que s'est-il passé ? On vous a chassés ? Tués ?

Narcisse s'assit à son tour, les mains croisées comme pour prier ses dieux de ne jamais laisser le passé redevenir présent.

— Oui, sans même le savoir. Nous vivons dans la forêt, cachés et protégés. Mais, surtout pour toi qui travailles dans l'immobilier, tu sais que plus la population humaine grandit, plus les forêts réduisent… Et les fées avec elles. Nous avons perdu nos habitations, nos aïeuls, et nos traditions... Oleander ne t'en a pas parlé ?

Artie ne répondit pas. Plongé dans ses pensées, il laissait refroidir son lait en se giflant mentalement de droite à gauche. Jamais dans sa courte vie il ne s'était senti si coupable de choses qu'il n'avait pas faites ; ou pas directement. Il détestait soudainement à son tour les humains. Il se promit donc de faire des excuses sincères à Oli, quand il se réveillerait. Il en profiterait pour l'embrasser encore, aussi.

Fairy Ring!

Chapitre 13

Un chant de Noël…

Oli avait trop dormi. Et pour la première fois depuis des années, il avait bien dormi. Il n'avait pas tout de suite reconnu l'atelier de son frère. Les jarres pleines de plantes médicinales ou les poutres ornées de guirlandes de fleurs en train de sécher n'avaient pas ravivé sa mémoire ; ni attiré son attention. En effet, l'attention d'Oli avait été subtilisée par la petite tête blonde qui reposait sur le lit, à côté de sa jambe. Artie semblait lui aussi plongé dans un profond sommeil, bien que sa position toute tordue ne soit sans doute pas des plus confortables. Oli retint une envie maligne de caresser les mèches dorées de son collègue, et chercha du regard son grand frère. Ce dernier était assis sur une chaise en bois, non loin. Son sourcil courbé parlait sans avoir besoin de mots.

— Bonjour, la belle au bois dormant.

— Tu comptes être le prince ?

— De ce que je vois, Oleander, tu as déjà trouvé ton prince.

Oli prétendit que le rouge qui vint teinter ses joues était un reste de fièvre, en portant sa main à son front et mimant de prendre sa température.

— Je suis désolé de l'avoir amené ici.

— Tu es sûr qu'il ne dira rien ? C'est dangereux, et tu le sais. Tu avais promis d'être prudent, c'est pour ça que notre mère t'a laissé aller travailler comme un humain.

— Elle a surtout accepté pour ne plus me voir à la maison…

— Oleander, le réprimanda platement son frère.

— Je lui fais confiance.

— Pourquoi ?

Pourquoi ? C'était une bonne question, pour laquelle Oli n'avait pas de réponse. En admirant le visage endormi d'Artie, sa bouche boudeuse dans le sommeil, il se souvint de leur baiser. Il lui faisait confiance, parce qu'il était la première personne à qui il avait tout avoué. La seule personne, outre sa famille, qui savait qui il était, corps, âme et origines. Et la seule personne qui ne l'avait pas jugé sur ses différences… Oli se rendit compte de sa naïveté. Artie ne pouvait pas intégrer son monde.

— Tu sais, Narcisse… Parfois, juste parfois, je voudrais être humain.

— As-tu perdu la tête ? La fièvre a eu raison de tes trois derniers neurones ? Tu détestes les humains !

— Oui, je les déteste, je les déteste vraiment. Mais regarde, comme ils peuvent être doux.

Narcisse ne sut quoi ajouter à cela. Aussi n'ajouta-t-il rien d'autre qu'un reniflement de désapprobation, qui se voulait être un conseil : être prudent, et ne faire confiance à personne. Oli connaissait ces avertissements par cœur, ils étaient répétés en boucle aux enfants des fées jusqu'à l'âge adulte. Il avait toujours suivi à la lettre les règles de sa communauté, bien que cette dernière cherche à l'en rejeter. Alors pourquoi, aujourd'hui, était-il prêt à sacrifier ce dur travail juste pour les beaux yeux bruns d'Artie ?

— Oli ?

La voix endormie sembla faire fuir Narcisse qui se volatilisa après un dernier regard inquiet. Oli l'ignora.

— Tu as bien dormi ?

— Tu vas mieux ?

Ils avaient parlé simultanément, et gloussèrent en même temps aussi. Oli se redressa dans le lit en roulant les épaules en arrière.

— Ça irait mieux si tu ne m'avais pas écrasé en faisant ta petite sieste.

— Arrête, je sais que c'est grâce à moi que tu as si bien dormi.

— Je vois tes chevilles gonfler dans tes chaussettes.

— C'est parce qu'elles se sont abîmées sous ton poids, quand je te portais.

Ils échangèrent encore quelques piques innocentes, sans que jamais les sourires qui étaient apparus sur leurs lèvres ne s'affadissent. Artie finit cependant par briser cet instant de légèreté, plus curieux que discret.

— J'ai discuté un peu avec ton frère…

— Il t'a dit quelque chose ?

— Hein ? Euh, oui, plusieurs choses. Je ne savais pas que vous aviez autant souffert.

— Nous ?

— Les fées. Je ne savais pas. Je suis désolé.

— Tu n'as tué personne, pour l'instant. Si tu continues à faire cette tête, je vais mourir de gêne ceci dit, donc tu peux encore y parvenir.

— Oli…

Oli savait ce qu'Artie voulait dire. Il n'aimait pas être pris en pitié cependant, et donc il n'accepterait pas ses excuses. Dans tous les cas, les fées ne cherchaient pas des excuses, mais des dédommagements. Cela fonctionnait de la même façon avec leurs cercles de champignons : une excuse ne valait rien. Il lui ébouriffa les cheveux, manquant de l'éborgner avec son pouce.

— Tu devrais retourner au boulot.

— J'ai pas envie. Et puis, je vais pas te laisser là.

— Tu veux dire, chez moi, sain et sauf avec ma famille qui, d'ailleurs, préfèrerait te voir loin ?

— Pas cool.

Il retira la main de ses cheveux, mais ne la reprit pas. Il préféra la laisser glisser sur sa joue, qu'il pinça sans délicatesse. Artie grimaça encore, et lui rendit la pareille. Finalement leurs mains épousèrent la forme de leurs visages, mutuellement. Oli posa le bout de son pouce sur le menton d'Artie, qui ferma les paupières. Un rire aussi léger qu'un battement d'ailes précéda un baiser chaud comme un rayon de soleil de printemps, en plein milieu de l'hiver. La douceur de cette étreinte tendre chassa les inquiétudes d'Artie, ainsi que les doutes d'Oli. Ils s'embrassèrent longtemps, sans échanger le moindre mot. Artie finit par éloigner son visage pour reprendre son souffle, le rouge qui teintait ses lèvres enflées s'assortissait à celui qui maquillait le visage de la fée.

— Le rouge, ça te va super bien…

— Va te faire voir.

Quelques coups à la porte rompirent leur étreinte, Artie bondit jusqu'à la table tandis qu'Oli reprenait la couette qu'il monta jusqu'à ses yeux. Narcisse entra avec un plateau, et son beau visage se décomposa en voyant la position peu naturelle des deux jeunes hommes. Artie le salua en quelques mots et attrapa en panique son sac, puis il se précipita hors de la pièce. Le médecin le regarda s'enfuir, les sourcils haussés. Lorsqu'il se retourna vers son petit frère, le rouge sur ses joues l'interpella :

— Tu as de nouveau de la fièvre ?

Artie n'avait pas de vacances pour les fêtes de fin d'année. Il avait appris la nouvelle plus tôt dans la matinée, et était d'une humeur exécrable depuis. Les plaintes de sa mère au bout du téléphone ne l'aidaient pas à relativiser.

— Maman, je te l'ai déjà dit, je dois rester dans le coin… Je n'ai que le vingt-cinq décembre de disponible, je travaille la veille et le lendemain.

— Mais tu es stagiaire ! Quelle tâche est si importante qu'elle ne peut pas attendre deux trois jours en période de fêtes ?

— Demande au patron…

Il fallait demander à Didier, en réalité. Son maître de stage avait lui-même décrété que les stagiaires géreraient les appels du vingt-quatre décembre, et du vingt-six. Il avait argumenté que c'était formateur de leur laisser la gestion de l'agence, afin de les responsabiliser. Bien évidemment, il ne comptait pas rester avec eux pour voir l'étendue de leurs progrès. La seule personne qui serait présente en agence, en plus des stagiaires, serait le directeur qui n'avait pas le choix.

Artie s'en voulait de faire de la peine à sa mère, mais c'était ainsi. Elle devrait attendre la fin du mois de janvier pour offrir à son fils ses cadeaux de Noël.

— Maman, là, je retourne bosser. Je t'appelle au réveillon, okay ?

— Tu vas fêter Noël tout seul chez toi ? On peut s'appeler toute la soirée si tu veux !

— Je ne…

— Artie.

La voix grave d'Oli interrompit le jeune homme, qui balbutia sans réussir à rattraper ses mots. Sa mère, en revanche, avait trouvé les siens à une vitesse impressionnante.

— Quelle est cette jolie voix ? Un ami ?

— Euh, oui. Oui, oui, un ami. Maman, je vais te laisser, je raccroche.

— Tu ne veux pas me le pr…

En vingt ans d'existence, Artie n'avait jamais osé raccrocher au nez de sa mère. Il fallait croire qu'il y avait un début à tout. Il y avait eu beaucoup de débuts, ces derniers temps. Un nouvel emploi, une nouvelle maison… Une nouvelle relation.

Oli n'avait pas donné de nom au lien qu'ils partageaient. Il l'embrassait discrètement, caressait son épaule… Puis il l'ignorait, lui lançait des regards froids, des plaisanteries agressives.

Artie, quant à lui, venait lui déposer des desserts sur son bureau, lui demandait comment il allait, l'observait avec tendresse… Il était totalement sous le charme. Il ne réclamait pas d'officialisation, il se doutait bien qu'il ne saisissait probablement pas la difficulté pour Oli, dont la famille ne tolérerait jamais cet attachement entre fée et humain.

— Oli, tu es là tôt.

— Comme tous les jours. Sauf que moi, quand j'arrive, je me mets au travail. Tu as une visite à onze heures. Ne sois pas en retard.

C'était ça, sa façon de prendre soin de lui : critiquer ses choix et éviter ses potentielles erreurs. Une façon bien maladroite de montrer ses sentiments, mais Artie l'acceptait avec plaisir. Il lui sourit à pleines dents.

— J'allais justement me mettre en route ! Tu m'accompagnes ?

— Pas aujourd'hui, non. Je dois finaliser une vente pour le vingt-quatre… Apparemment, les acheteurs veulent faire la surprise à leurs enfants.

— Une maison pour Noël… Je veux bien les mêmes parents.

— Les tiens ne te font pas de cadeaux ?

— Oh, si… Ma mère était déçue que je ne vienne pas pour Noël. Je crois qu'elle va pleurer devant la bûche, au dessert.

Oli ne semblait pas comprendre d'où pouvait provenir cette peine. Il haussa un sourcil, et Artie s'empressa de lui expliquer :

— Chez nous, Noël c'est super important ! On se retrouve, s'offre des cadeaux, on se goinfre, on décore toute la maison… Comme dans les films. Ma mère a toujours adoré fêter Noël !

— Je vois. Je ne savais pas que c'était si important pour toi. J'ai toujours trouvé cela très commercial.

— C'est commercial ! Mais c'est agréable aussi, de faire la fête. Vous ne fêtez pas Noël ?

— Non. On fête l'hiver, si tu veux comparer. Pas de cadeaux, mais des repas et de la danse. On fait des réserves, on prépare la maison aux nuits gelées, et on danse pour célébrer les premiers flocons… Ce sont des traditions.

Artie hocha la tête : Oli ne vivait décidément pas dans le même monde. Il ne s'attendait donc pas du tout à ce qui suivit.

— Mais si tu veux… On peut fêter Noël ensemble, cette année.

Avait-il bien entendu ? Artie cligna des paupières, incrédule. Oli se balançait sur ses pieds, sa main triturait l'ourlet de son manteau alors qu'il fixait le sol. Il semblait se préparer à un refus. Artie ne vit qu'une réponse possible à ce genre de propositions… Il se rapprocha suffisamment pour pouvoir attraper sa main, et il la serra dans ses doigts. Théâtralement, il la leva jusqu'à son visage et il posa ses lèvres sur ses phalanges, pour murmurer contre sa peau :

— Je t'attendrai pour dix-neuf heures.

Fairy Ring!

Chapitre 14

Des ailes, pour mieux voler

— Tu dois m'aider, Charlotte, je ne sais pas quoi faire !

— Bonjour, déjà ?

Artie avait appelé son amie en panique, une fois rentré chez lui. Noël était dans deux jours, et il ne savait pas ce qu'il allait offrir à Oli. Il ne s'était pas posé la question de savoir s'il lui fallait offrir un cadeau à son collègue, leur relation étant encore ambigüe, mais désormais il n'avait plus le choix.

— Je panique, Charlotte. J'ai pas le temps de commander quoi que ce soit, et j'ai vraiment aucune idée qui me vient.

— Pour ? Ta mère ?

Évidemment, sans contexte… Artie retint les larmes qui montaient dans ses yeux alors qu'il fouillait activement sur son ordinateur à la recherche d'une idée lumineuse. Mais comment formuler une recherche si particulière ? « Qu'offrir à mon petit-ami qui n'est pas vraiment mon petit-ami, et qui est aussi une fée des bois ? »

— Pour Oli.

— Attends… Oli que tu as embrassé, Oli ? Vous êtes ensemble finalement ?

— Oui… Et non. Mais on va fêter Noël ensemble, donc il me faut un cadeau. Aide-moi !

— Okay, alors euh… Qu'est-ce qu'il aime ? Il a des passions ?

« Il aime voler des affaires aux humains et leur mener la vie dure »

— Euh… Il aime les gâteaux, le lait…

— On va pas aller loin là…

— Ha ! Il aime le miel ! Il adore le miel !

— Vraiment ? Pourtant, ça n'a pas l'air d'adoucir son humeur, hein.

Charlotte ne lui avait toujours pas pardonné son attitude injuste lors de sa visite dans la région. Artie comprenait sa rancune, il n'avait pas le temps de défendre son collègue.

— Tu sais quoi, prends-lui un joli pot de miel. Un truc cher, histoire de.

Un truc cher… Artie eut une pensée pour son minuscule salaire de stagiaire, et soupira de désespoir.

— Tu ne m'aides pas du tout, là.

— Moi aussi, je t'aime. Je dois y aller, j'ai un rendez-vous pour un article dans une heure ! D'ailleurs je suis sûre que ça pourrait t'intéresser…

Artie ne rebondit pas sur cette dernière remarque, l'esprit ailleurs. Il attendrait que Charlotte lui en dise davantage d'elle-même, ce qu'elle finirait par faire dans tous les cas. Il enfila ses bottes doublées qu'il avait reçues de la part de son père une semaine auparavant. Ce dernier avait anticipé la baisse de température et les chutes de neige... Il avait eu bon nez. La neige avait envahi la campagne depuis deux jours, les arbres qu'il voyait derrière sa fenêtre ressemblaient à des nuages de coton, et le sol brillait de diamants gelés.

Il sortit dans le froid, et décida malgré tout de marcher jusqu'au village. Il se surprenait de plus en plus. Avait-il été contaminé par les gens de la campagne ? Le métro ne lui manquait plus tant. Il profitait de ses trajets à travers bois, surtout parce que la plupart du temps il avait sa main dans celle d'Oli. Il aimait l'entendre lui décrire les arbres, lui raconter quelques remèdes que confectionnait son frère à base d'écorces ou de fleurs. Il avait appris plein de choses, en quelques mois.

Le village ressemblait à un décor de film romantique. Les maisons semblaient être faites de pain d'épice saupoudré de sucre glace, et les rues pavées étaient du nougat. Artie, qui se plaignait de l'absence d'immeubles depuis son arrivée ici, lança sans y penser une exclamation émerveillée.

Il localisa la petite épicerie qui jouxtait le bureau de poste, et s'y engouffra en même temps qu'une bourrasque de vent d'hiver. La vieille dame qui était à la caisse se retourna vers lui.

— Une arrivée spectaculaire, monsieur Ortie.

— Madame Poivret, bonjour !

L'épicière était une dame rondelette avec un sourire de grand-mère. Artie savait qu'elle sentait les biscuits à la cannelle, elle lui en avait offert un beau sachet après l'acquisition d'une nouvelle maison pour elle et son mari ; un dossier qu'Artie avait géré avec Oli. Il se souvenait de sa bienveillance et de sa patience avec les deux stagiaires : c'était une belle personne.

— Tout va bien dans la maison ? Vous avez fini de tout installer ?

— Oh, elle est parfaite ! Il était temps que l'on trouve une nouvelle habitation… La cheminée change tout !

— Ça, j'imagine, ça donne un côté chaleureux !

Artie sentit son propre cœur se réchauffer, avec cette discussion légère. Madame Poivret réussissait à le mettre à l'aise, à lui donner l'impression d'être chez lui. La seule autre personne qui lui donnait cette impression était Oli, avec ses pulls larges qui, maintenant qu'il y songeait, lui rappelaient ceux de l'épicière qui lui faisait face, un sourire doux aux lèvres.

Madame Poivret avait été particulièrement avenante avec lui lors de leur achat immobilier… Un peu moins avec Oli. Elle l'avait cependant remercié avec sincérité au moment de la signature, et Oli avait répondu très sobrement… Pourtant, il avait eu l'air content de lui.

En lui demandant conseil pour son pot de miel, il comprit qu'elle s'y connaissait très bien en la matière. Elle le conseilla à l'aide de nombreuses informations, et semblait passionnée par le sujet. Madame Poivret était-elle une fée, elle aussi ? Son air enchanteur et sa douceur auréolée de malice correspondaient à ce qu'Artie savait des fées. Il se demanda furtivement à quoi ressembleraient ses ailes : seraient-elles rouge et ocre, comme celles d'Oli ? Ou plus rosées, comme un pétale de rose sucré ? Dans tous les cas, madame Poivret en aurait bien deux, elle. Artie secoua la tête pour chasser cette pensée : il n'en saurait jamais rien, madame Poivret, tout comme les autres fées, ne le lui avouerait jamais.

Il la remercia pour ses conseils. Elle eut la gentillesse d'emballer le pot choisi avec un ruban en satin. Il repartit avec son cadeau sous le bras, et insatisfait malgré cela. Pour lui, ce joli pot de miel ne suffisait pas.

La nuit tombait déjà, le crépuscule donnait au ciel une couleur poudrée qui rappelait à Artie la couleur des rideaux de sa chambre. Il n'avait rien changé dans le cottage, mis à part le tapis. Pourtant, en comparant le ciel aux rideaux, il réalisa qu'il avait pris goût à cette couleur. Il était encore en train de penser à ses rideaux lorsqu'il passa devant une vitrine décorée pour les fêtes. Il s'arrêta net, un grand sourire se dessina sur son visage.

Non, ce n'était pas l'ours polaire habillé en père Noël ni les lutins suspendus à un sapin qui le faisaient sourire. Au milieu de la vitrine, mise en avant sur un rondin de bois entouré de houx, une paire de gants en daim vert forêt attendait sagement son acheteur.

Oli avait mis une cravate. Il ne portait jamais de cravate, d'ailleurs, il n'en possédait pas jusqu'à très récemment. C'était Narcisse qui lui avait prêté celle-ci, après une discussion de deux heures sur les risques qu'il prenait en allant chez Artie, et ce qui pourrait arriver si les autres fées apprenaient leur relation. Oli savait que son frère s'inquiétait, mais il savait aussi qu'il serait toujours de son côté.

Il voulait s'habiller correctement, pour ce jour de fête qu'il ne connaissait pas vraiment. Dans les livres, ou dans les films, les gens portaient des tenues pleines de paillettes et autres fioritures… Il s'était contenté d'une chemise qu'il portait habituellement au travail, d'un pantalon fuselé dans un velours gris foncé, et de la fameuse cravate qui lui serrait la gorge. Ou était-ce l'angoisse qui l'empêchait de déglutir ?

Il toqua à la porte, mal à l'aise, l'envie de faire demi-tour chatouilla son esprit. Elle fut chassée par la voix joviale d'Artie.

— Oli ! Entre ! Tu es couvert de neige !

Il épousseta ses épaules, et en profita pour poser un baiser sur sa joue. L'angoisse fondit avec la neige, et Oli fut à même de respirer plus confortablement.

— Je suis en retard, désolé.

— Tu as raté le bus ?

— Non, j'avais pas envie de te voir.

Artie lui tira la langue, et ajouta un signe obscène. Puis il lui fit signe de le suivre vers le coin cuisine. Sur le plan de travail, deux tasses fumantes dégageaient un arôme chocolaté. Oli prit la sienne sans se faire prier.

— Tu avais effectivement l'air plus impatient de boire le chocolat que de me voir…

— Le jour où tu auras un bon goût chocolaté, peut-être que je serai pressé de te voir.

Artie toussota après sa gorgée, et le fixa sans rien dire. Oli sut qu'il pensait à quelque chose de honteux . Il le sut puisqu'il vit dans son regard une lueur qu'il commençait à connaître… Et cela s'annonça juste, puisque l'instant d'après, il avait ses lèvres contre les siennes.

Ce baiser avait quelque chose de différent. Ils étaient moins dans le contrôle, leurs lèvres s'épousaient naturellement et leurs langues cherchaient l'autre, avec timidité, mais entreprenantes. Oli sentit les mains d'Artie hésiter à se poser dans son dos, il les glissa finalement jusqu'au creux de sa taille et le rapprocha de lui. Oli avait chaud, et ce n'était pas à cause de sa boisson.

Il allait lui rendre son étreinte, quand sa main gauche se cogna contre la table. Artie s'écarta de lui en panique, et attrapa vivement son poignet.

— Tu t'es fait mal ? Ça va ?

— Bah, oui ?

Sa main gauche… Artie pouffa en relâchant sa main, une belle main de bois qui retomba sur sa hanche. Il avait oublié, sans doute. Oli, lui n'oubliait jamais. Il récupéra sa main et la mit dans son dos, mal à l'aise.

— Désolé…

— Bah non ? C'est à cause de moi que tu t'es cogné ! D'ailleurs…

Il attrapa quelque chose dans un sac près du canapé. Ses yeux pétillaient, Oli ne put s'empêcher de penser qu'il était quand même très beau. Presque aussi beau que le joli paquet qu'il lui rapportait.

Le papier doré semblait fragile, Oli prit donc le temps de le déballer précautionneusement. Il découvrit une boîte, plus proche d'un écrin, avec une écriture elle aussi tout en or. Artie sautillait sur place, apparemment très fier de lui. Oli ouvrit doucement l'écrin…

— Ta-da !

— Ils sont vraiment, vraiment très jolis.

— Tu les aimes pour de vrai ?

— Merci, beaucoup.

Oli retira à la hâte ses gants de cuir, et enfila la nouvelle paire. La taille était parfaite, la couleur était celle de la cime des arbres. Il les adorait. Plus encore, il adorait celui qui les lui avait offerts.

En général, les fées ne s'offraient pas de cadeaux. Il arrivait qu'ils s'échangent de la nourriture, ou des médicaments, pour remercier un voisin. Les cadeaux, en revanche, étaient considérés comme une perte de temps et d'argent ; ils ne le faisaient donc simplement pas. Ces gants étaient le premier cadeau qu'il recevait, et qui n'était pas une offrande. Il aurait pu en pleurer, s'il n'avait pas sa petite fierté.

— Moi aussi, j'ai quelque chose pour toi.

Il chercha dans sa poche le petit sachet qu'il avait cousu le matin même. Oli s'était creusé la tête afin de trouver le meilleur cadeau possible pour Artie, sans trop en faire. Il n'était pas très sûr de lui. Il avait passé la veille à peaufiner sa création, ajoutant les petits détails qui la rendraient la plus réaliste possible. Après tant de travail, il n'avait qu'une crainte : qu'Artie n'apprécie pas ce cadeau.

— Ce n'est pas grand-chose…

Artie ouvrit le sachet en lui souriant toujours. Il en vida le contenu dans sa paume… Et perdit son sourire. Oli se mit à paniquer.

— Je sais que ce n'est pas super, comme cadeau… Mais j'ai pensé que tu pourrais le mettre sur tes clefs. Comme ça, même si tu ne te sens pas vraiment chez toi ici, euh… Bah, tu peux te rappeler que je suis à tes côtés. Enfin… Je veux que tu te sentes comme chez toi avec moi, quoi… En fait…

— Moi aussi, je t'aime ?

Oli écarquilla les yeux, mais ne put rencontrer le regard d'Artie. Le jeune homme blond était tout concentré sur son petit cadeau, qui captait la lumière de l'ampoule et diffusait ses couleurs contre sa peau. Oli avait reproduit, en une version miniature, une aile de fée. Plus précisément, sa propre aile avait été façonnée en porte-clefs, composée de métal et de bouts de verre chatoyants.

Artie finit par le regarder, et Oli vit les larmes qui coulaient sur ses joues. Il s'approcha doucement, les rattrapa du bout du pouce.

— Je ne voulais pas te faire pleurer…

— Je t'aime, j'ai dit.

— Je…

Pouvait-il se résoudre à lui répondre ? Était-il prêt à le faire ? Ses actions criaient ses sentiments, son cœur explosait de les contenir… Mais prononcer ces mots, c'était concrétiser ce qui était pour lui et sa famille la pire des histoires. C'était concrétiser son amour pour un humain.

Il hésitait, et plus il hésitait, plus Artie serrait sa main. Il devait l'admettre, il l'aimait. Et il devait le dire, qu'importe ce qu'en penseront sa mère ou son frère. Il était déjà le vilain petit canard, de toute façon.

— Je t'a…

— Artie !

La porte d'entrée claqua, un peu de neige atterrit sur le paillasson. Artie tourna la tête, et Oli manqua de mourir sur place. Dans l'encadrement, deux personnes en manteaux de laine les regardaient, l'air gêné.

— Maman ?!

Fairy Ring!

Chapitre 15

Surprise !

Artie avait fait un trou dans la manche de son pullover. Il adorait ce pull, cela le rendait donc un peu triste, mais il n'avait pas pu s'empêcher de tirer sur la maille qui dépassait ; il était coupable.

C'était le stress qui le faisait détruire son vêtement. Ses parents étaient dans la cuisine, sa mère réchauffait le plat qu'elle avait apporté avec elle. Oli était assis à côté de lui sur le canapé, son teint blafard faisait concurrence à la blancheur de la neige sur le rebord des carreaux de la fenêtre. Il n'avait jamais été aussi mal à l'aise.

Sa mère avait eu la merveilleuse idée de lui faire une surprise, en venant le rejoindre le soir du réveillon. Son père avait tout mis en œuvre pour arriver dans les temps, il avait posé quelques jours au travail, puis avait pris en location une belle voiture équipée de chaînes pour conduire son épouse jusqu'à leur fils bien-aimé. En tant que maman, elle n'avait pas pu supporter l'idée que son fils soit seul le jour de Noël… Évidemment, à ce moment-là, elle ne savait pas qu'Oli serait de la partie.

— Ça va aller ?

— Ai-je le choix ?

— Oli…

Il soupira, et se redressa sur le canapé. Il savait à quel point cette situation pouvait être compliquée pour lui.

— Mes parents sont des gens très bien… Et tu n'es pas obligé de rester, si tu préfères rentrer.

— Je t'ai proposé de fêter Noël avec toi… Je vais donc le faire. Je ne suis pas un menteur.

— Non mais ça ne serait pas un mensonge. Je comprends si tu veux rentr…

— J'ai dit non. Je reste. En plus… ta mère a apporté un dessert.

Il accompagna sa remarque d'un clin d'œil, et Artie fut rassuré. Ce sentiment de quiétude ne dura que peu de temps, puisque son père décida de mettre un peu d'ambiance :

— Alors, comme ça, tu es un collègue de notre Albert ? Un stagiaire aussi, c'est bien ça ?

— Oui, c'est exact, répondit Oli, son sourire commercial déformant sa bouche pleine.

— Je trouve ça bien qu'il ait des collègues avec qui passer ses week-ends. Tu es de la région ?

— Je suis né ici.

— Donc un vrai local ! Que font tes parents ?

Artie n'avait jamais eu envie de frapper ses parents. D'ailleurs, il n'avait jamais été énervé contre eux au point de même y songer. Et pourtant, il fallait un début à tout. Il n'avait qu'une envie actuellement : enfoncer la baguette de pain dans la bouche de son paternel, pour qu'il cesse de poser ces questions intrusives.

Oli, quant à lui, n'avait pas retrouvé ses couleurs. Il avait en revanche retrouvé sa fausse amabilité, celle dont il faisait preuve lorsqu'il était au travail. Il répondait de manière affable, s'efforçant d'adoucir ses yeux sombres. Artie n'avait jamais remarqué à quel point cela semblait difficile, de changer complètement de personnalité comme il le faisait. Auparavant, il le critiquait pour cette autre facette, qu'il jugeait hypocrite. Il devait ce jour-ci admettre que c'était impressionnant ; voire admirable.

— Mes parents ne travaillent pas. Mon frère est médecin.

— Un médecin et un agent immobilier ? Intéressant ! J'ai toujours voulu qu'Albert devienne médecin, mais il a fait comme vous et a choisi de vendre des maisons à la place !

Oli semblait penser que non, ce n'était pas particulièrement intéressant. Il semblait aussi penser que la baguette de pain pouvait être utilisée autrement, pour faire taire monsieur Ortie. Il hocha malgré tout la tête, acquiesçant pour ne pas argumenter. Artie s'éloigna du salon en prenant une grande inspiration, et lorsqu'il la relâcha en arrivant dans la partie cuisine, le soupir qu'il produisit fit réagir sa mère.

— Et bah dis-donc, tu sembles ravi de nous voir !

— Oh, maman, tu sais très bien que oui !

— Je vais te croire, parce que je veux un toit où dormir ce soir. Et aussi parce que ton père et moi ne pourront pas manger tout ça à nous deux.

— Je vais aller gonfler votre matelas, pendant que tu prépares le festin !

— Profiteur !

Artie lui fit un clin d'œil espiègle en évitant son coup de cuillère. Il était content de l'avoir avec lui.

— Maman, je t'aime.

— Ouais, ouais, quand ça t'arrange hein !

Elle ébouriffa ses mèches blondes en fronçant le nez. Il libéra un petit rire, le genre de rire de contentement qui ne pouvait qu'être sincère.

— Alors, c'est un bon ami, cet Oleander ? reprit-elle plus bas.

— Oui… On s'entend bien.

— Juste « bien » ?

Il savait qu'elle n'était pas dupe. Sa mère voyait tout, savait tout ; surtout quand il s'agissait de son fils. Le fait qu'ils aient été pris en flagrant délit, yeux dans les yeux et main dans la main, n'avait sans doute pas aidé à cacher leur relation.

— C'est un peu compliqué.

— Peut-être parce que vous rendez les choses compliquées ? Parfois, il suffit de se laisser aller... murmura-t-elle comme un secret.

— Tu as peut-être raison, mais là c'est pas vraiment quelque chose qu'on peut ignorer.

— Tu veux en parler ?

— Je ne préfère pas. Mais ne t'inquiète pas, maman : une bouchée de ton poulet et je vais automatiquement voir mes problèmes s'en aller !

— Lèche-bottes, va !

Il tira la langue et se précipita dans le salon pour échapper au coup de cuillère de sa mère. Son père était toujours plongé dans sa conversation avec Oli, qui semblait être vidé de son énergie. Artie vint lui tapoter l'épaule pour le sauver :

— Tu veux bien venir m'aider à euh… Fermer les volets ?

— Les volets ?

Artie avait improvisé. Ils finirent donc dehors, sans leurs manteaux, pour décrocher les volets afin de pouvoir les fermer de l'intérieur ; ce qu'il ne faisait jamais.

— Désolé, pour mon père. Il adore papoter, une vraie commère.

— Ne t'inquiète pas. Je suis habitué, avec toi.

— Je ne te permets pas !

— Je n'ai jamais attendu ta permission.

Il voulut le frapper, pour rigoler. Oli attrapa son bras, se glissa habilement sous son épaule et l'emprisonna dans une étreinte puissante. Artie ne chercha pas à s'échapper.

— Tes parents t'aiment beaucoup.

— C'est normal, ce sont des parents.

— Ce n'est pas normal pour tout le monde.

Artie se retourna sans pour autant briser leur câlin. Il attrapa ses joues dans ses mains froides, et planta un petit baiser sur sa bouche boudeuse.

— Moi, c'est toi, que j'aime beaucoup.

Oli pouffa, et revint chercher ses lèvres. Le baiser qu'il répondit valait bien toutes les déclarations du monde.

Une fois leurs joues redevenues de la bonne couleur, ils rejoignirent les parents d'Artie qui servaient le repas. Oli s'installa, malgré lui, à gauche de monsieur Ortie, qui reprit la conversation comme s'ils n'avaient jamais été interrompus. Le repas était délicieux ; la mère d'Artie avait vraisemblablement un don pour la cuisine. Elle avait aussi un don pour rassurer les gens, et elle réussit à faire en sorte qu'Oli se détende un peu. Il commençait à répondre de façon plus légère aux questions qui lui étaient posées et, presque, à profiter de cette soirée complètement différente de ce qu'il avait imaginé.

Vint l'heure du dessert, et des échanges de présents. Oli se sentait un peu coupable de ne rien avoir à offrir aux parents de son compagnon. Il allait s'excuser, quand la mère d'Artie interrompit l'arrachage de papier pour dévoiler, non sans fierté, leur cadeau pour leur fils :

- Artie, j'ai une excellente nouvelle !

Il courait dans la nuit, le pas léger malgré la neige qui s'amassait sous ses chaussures. Il voulait fuir les paroles qu'il avait entendues et faire passer la nausée qui l'avait pris à table, à l'instant où elles avaient été prononcées. Il ne voulait pas y croire. La situation était irréelle. Était-ce de sa faute, lui qui avait fricoté avec les humains ? Était-il coupable de cette situation ? N'aurait-il pas dû faire de son mieux pour terroriser Artie, lui rappeler que les fées ne plaisantaient pas, qu'elles étaient dangereuses ? Il avait tout raté.

Il avait voulu vivre son propre conte, sa propre histoire, ignorant les avertissements pourtant redondants de sa famille, de son frère. Il voulait regretter, il n'y arrivait même pas. Le visage angélique d'Artie revint dans son esprit, alors que ses poumons rendaient les armes. Essoufflé, la poitrine douloureuse, il s'adossa à un arbre pour reprendre son souffle, et son calme.

Il se concentra pour rembobiner la soirée dans sa tête, réentendre ce qui avait été dit. Il se souvenait de leur échange de cadeaux, et de leurs baisers. Il se souvenait de la joie qu'il avait ressentie, du sentiment si rare pour lui de se sentir à sa place, accepté et compris. Il se souvenait du sourire d'Artie, de la surprise de ses parents… Et puis… Il se souvenait de ce qui était arrivé après. Du cadeau des parents d'Artie pour leur fils.

Les parents d'Artie venaient d'investir dans un nouveau domaine… Le domaine dans lequel voulait travailler leur fils. Ils avaient décidé de soutenir une nouvelle agence immobilière en plein essor. Une agence avec des idées toutes fraîches pour améliorer le marché…

Ou des idées d'il y a des années qui ressortaient de sous les tapis.

Oli avait entendu la première phrase « C'est génial, ils ont pour projet de moderniser les coins de campagne comme ici, en construisant des beaux complexes d'immeubles juste au bord de la forêt ! ». Ensuite, ses oreilles s'étaient mises à bourdonner, et le reste n'avait été que des bribes de paroles qu'il avait captées derrière le bruit du sang qui bouillonnait dans ses veines. Artie pouvait être employé dès la fin de ses études, cette année. Bien évidemment, étant donné qu'il connaissait la région, il serait acteur principal du projet de construction... et de destruction. Oli n'avait pas voulu entendre sa réponse ; son sourire ravi lui suffisait pour comprendre. Il s'était excusé et était parti en hâte, bouleversé.

Il n'osait pas espérer qu'Artie eût pu refuser cette proposition : il s'agissait de son avenir professionnel, une opportunité unique. Mais il lui en voudrait quand même, parce qu'il était injuste. Oui, Oli était injuste, et amoureux. Et donc, il se sentait trahi.

Il se remit à marcher, beaucoup plus lentement. Il fallait qu'il se calme avant de rentrer chez lui, sous peine d'élever les soupçons de son frère, et de s'entendre dire qu'il l'avait bien cherché. Il essayait de relativiser, se convainquant que c'était un mal pour un bien, et qu'à présent il n'aurait pas d'autres choix que de ne plus fréquenter l'horrible humain qui allait détruire ses forêts. Il avait une excuse pour rompre leur relation.

Il ne le voulait pas. Il voulait revenir en arrière, tout en arrière, et ne jamais rencontrer Artie. Il voulait revenir encore plus loin, et ne jamais décider de travailler dans l'immobilier. Il aurait dû être bien plus égoïste, et n'en avoir rien à faire des fées qui ne parvenaient pas à se loger. Il aurait dû être aussi cruel que les autres l'étaient avec lui.

La porte de leur maison en bois lui sembla plus lourde que d'habitude. Il la ferma à contrecœur : il n'avait plus envie de rentrer, finalement.

— Oleander ? Tu rentres tôt ?

— Narcisse… Je pensais que tu dormirais.

— Je finissais de préparer un sirop contre la toux. Le voisin n'arrive pas à dormir. Il a attrapé froid.

— Je vois.

Il ne voulait pas être désagréable, il parlait sur ce ton malgré lui. Narcisse en était conscient, et ne lui en tenait pas rigueur. Il ne laissait malgré tout jamais traîner le temps de la discussion, afin d'éviter tout malentendu ; et un peu parce qu'il aimait les commérages, aussi.

— Tu veux me raconter ta soirée ?

— Il n'y a rien à dire. Je vais aller me coucher.

— Oleander…

Comment ne pas voir les larmes qui coulaient sur ses taches de rousseur ? Narcisse n'était pas aveugle, même s'il portait de sacrées grosses lunettes. Il se rapprocha pour lui toucher l'épaule, et Oli rejeta ce contact.

— Si je parle, je vais être mauvais. Il vaut mieux que je me taise.

— Je te connais depuis vingt ans, petit frère, et jamais ta mauvaise humeur n'a su me faire fuir. Je te prépare un thé.

Il disparut dans son cabinet. Oli savait qu'il allait l'y attendre avec deux tasses de sa fameuse infusion à la lavande, qu'il offrait aux patients les plus angoissés pour les aider à se relaxer. Il le rejoignit donc en traînant des pieds, son sac pesait lourd sur son épaule. Lorsqu'il le lâcha sur le sol à côté de sa chaise, un bruit sourd résonna dans la pièce.

— Tu vas réveiller notre mère !

— Je n'ai pas fait exprès.

— Qu'est-ce que tu as dans ton sac, des briques ?

Oli se rappela enfin de son deuxième cadeau. Avant qu'il ne parte, Artie lui avait fourré dans les bras un autre paquet, insistant pour qu'il le prenne avec lui. Oli ne l'avait pas ouvert. Il restait curieux, même s'il n'avait pas le cœur à se réjouir d'un cadeau. Il l'ouvrit machinalement, sans aucune délicatesse.

— Du miel ? Un sacré pot !

— Du miel...

Il en ouvrit le couvercle. Ce ne fut qu'après qu'il remarqua la petite enveloppe qui avait été glissée dans le paquet. Artie en avait décoré les coins, avec des petits champignons rouges qu'il avait pris le soin de peindre à la main. Il avait également fermé l'enveloppe d'un sceau de cire verte, qu'Oli reconnaissait pour avoir vu des bougies de cette couleur sur sa table de salon. Il l'ouvrit, impatient malgré lui.

« *Ma dernière offrande, pour réparer mes erreurs. Je ne regrette pas d'avoir marché dans ton cercle : je le referais mille fois, s'il suffisait de ça pour te rencontrer encore* ».

Il renifla bruyamment. Narcisse déposa devant lui un petit flacon doré, avec une étiquette un peu décolorée.

— Un remède contre le rhume.

— Je ne suis pas enrhumé.

— On sait jamais...

Il se pencha au-dessus de la table, et posa sa main sur celle d'Oli qui peinait à retenir d'autres larmes.

— Quoi que ce soit, je promets de ne pas te juger.

— Tu peux me juger. J'ai été bête.

— Tu étais… amoureux ?

— Stupide. Il est comme les autres, et je ne peux pas lui en vouloir d'être comme les autres, si ? C'est moi qui ai voulu croire qu'il était différent. C'est ma faute.

— Il t'a fait mal ? Il t'a dénoncé à d'autres ?

— Non…

— Il t'a jugé, critiqué, il s'est moqué de toi ?

— Non ! s'exclama Oli dans un éclat de colère.

Sa nausée revenait en force. Il se prit la tête entre les mains, épuisé.

— Il fait son travail… Je suppose. Il a un job dans une agence qui veut s'implanter dans la région.

— Ce n'est pas une bonne chose ?

— L'agence en question compte construire des beaux immeubles modernes avec vue sur la nature. Des lofts pour les gens de la ville qui ont les moyens d'avoir une résidence secondaire. Et qui n'en ont rien à faire de détruire quelques arbres supplémentaires pour leur confort personnel.

— Oli, c'est…

— Je sais. C'est affreux. Notre peuple va encore en pâtir. Mais que veux-tu qu'on y fasse ? Les humains ne veulent pas croire en notre existence. On devrait s'estimer heureux, tu ne crois pas ? On a échappé à ce genre d'aménagement urbain pendant presque cent ans. On a eu de la chance.

— Ne sois pas si défaitiste, il y a peut-être une solution… dit-il sans en croire un mot.

— Ne sois pas si naïf. Il n'y en a aucune. On peut faire nos valises et espérer qu'ils épargnent notre territoire.

Narcisse avait beau vouloir être rassurant, il ne pouvait pas cacher la panique qui s'était emparée de lui.

Oleander savait qu'il venait de ruiner sa nuit. Il n'en avait plus rien à faire, de personne. Il devait exploser maintenant. Il ne voulait pas souffrir seul.

— Et Artie a accepté ce poste… ? demanda Narcisse.

Son ton de voix exprimait sa déception. Au fond, peut-être qu'il l'aimait bien, cet humain.

— Il va le faire. Je le sais. Il avait l'air beaucoup trop content de cette proposition.

— Il sait ce qui est arrivé aux fées.

— Oui, il sait. Mais que devrait-il en avoir à faire ? Ça ne le concerne pas. Ni lui ni sa petite famille parfaite.

— Tu es jaloux ? l'accusa Narcisse en le fusillant du regard.

— Non.

Il l'était. Il avait déjà eu honte de le penser auparavant, pourtant il le pensait encore : tout aurait pu être tellement plus simple s'il avait été humain… Il renversa la chaise, abandonnant son sac derrière lui. Il ne voulait plus en parler. Il devait se préparer à avertir les autres fées ; et faire le deuil de son petit bonheur factice.

Fairy Ring!

Chapitre 16

Le fantôme des Noëls passés…

Artie ne voulait pas aller travailler. Il avait passé la nuit les yeux grands ouverts, à fixer le plafond sans le voir. Oli ne répondait plus à ses messages, depuis le soir de Noël. Il n'était pas revenu travailler le vingt-six, et lorsqu'il l'avait croisé dans les couloirs le jour suivant, il n'avait eu droit qu'à un regard noir… Une impression de déjà-vu désagréable avait fait courir un frisson dans son dos : retour à la case départ.

Oli évitait de le voir, ne lui parlait que si c'était absolument nécessaire et passait son temps en dehors du bureau. Il avait séparé en deux les annonces sur lesquelles ils collaboraient, décrétant que cela serait plus efficace de simplement travailler individuellement sur une moitié chacun. Évidemment, il n'avait exposé cette idée qu'à Didier, sans en parler préalablement à Artie qui avait été mis face au fait accompli.

Les journées de travail étaient moroses, tristes et sans intérêt. Artie ne comprenait pas ce qu'il avait pu faire pour s'attirer les foudres de la fée aux yeux tristes. Il n'avait pas sauté à nouveau dans un cercle de champignons ; il avait appris sa leçon ; et n'avait pas cueilli de fleurs. Il avait voulu l'appeler juste après le départ de ses parents, pour s'assurer qu'il allait bien…

Artie avait beau être parfois à côté de la plaque, il n'était pas stupide. Il se doutait que la réaction d'Oli était due à la discussion qu'ils avaient eue avec ses parents, au sujet de cette fameuse agence où il était convié à travailler. Il avait demandé à ses parents de ne pas transmettre sa réponse immédiatement au patron, et d'attendre un peu qu'il puisse y songer. Il comptait dans tous les cas refuser.

Quelques mois plus tôt, il n'aurait pas hésité avant d'accepter : un travail tout prêt pour lui, avec des responsabilités et un salaire motivant, sans avoir à se fouler ? Il aurait été aux anges. Ce n'était plus le cas. Artie avait changé, et évolué. Il avait réalisé que la valeur qu'il accordait à certaines choses n'était pas si grande, et que celle qu'il n'accordait pas à d'autres méritait d'être.

Il avait fini par apprécier sa vie à la campagne ; même si Charlotte lui manquait ; et ne voulait pas voir la ville débarquer dans ce coin tranquille. Il ne voulait pas non plus revoir dans les yeux d'Oli la tristesse qu'il avait pu y voir lorsqu'ils avaient parlé du passé de son peuple. Il était hors de question que les fées passent encore par de si terribles évènements. Il ne le permettrait pas.

Artie voulait absolument trouver une solution avec Oli, et mettre une parade en place. Il y avait beaucoup réfléchi, seul dans son coin... Il devait aller à l'agence, même s'il n'en avait pas envie. Il devait réussir à parler à Oli.

Il s'habilla sans aucun effort, déjà en retard, et ne s'autorisa même pas une tasse de café. Il ne loupa pas le bus, ce qui fut surprenant. Il arriva même en avance finalement. Était-ce un signe de bonne fortune ? Il l'espérait, les fées ne l'aideraient pas aujourd'hui. Ou peut-être que si ? Oli était devant la porte, la main gauche dans sa poche, la droite occupée à tenir un sachet de la boulangerie. S'il attendait devant l'agence de la sorte, c'est que personne n'était encore arrivé pour ouvrir. Artie y vit une chance pour entamer la conversation à l'abri des oreilles.

— Oli ! Tu... Euh... Ça va ?

Le silence qui lui répondit avait la force d'une tornade. Il en chercha l'œil, prêt à se battre contre le vent.

— Okay, mauvaise question. Je sais que ça ne va pas. Tu ne me parles plus, tu as l'air d'un fantôme. Quoi que ça puisse être, je suis désolé.

— Je t'ai pourtant déjà dit que les fées n'acceptaient pas les excuses. S'excuser c'est admettre ses torts, répondit finalement Oli sans le regarder.

— J'admets mes torts, quels qu'ils soient, alors s'il te plaît... Parle-moi ?

— Pour quoi faire ? Pour te dire que j'accepte ta décision, que je suis content pour toi ? Pour te dire que j'étais ravi de te rencontrer ? Pour te dire à quel point je suis déçu ? Tu préfères quelle conversation ? Vas-y, choisis un programme !

L'amertume qui aromatisait ses paroles devait être du poison. Artie était immunisé, depuis longtemps. Il n'allait pas se laisser contaminer. Il resta très calme, et se permit même un sourire tendre.

— Je veux juste que tu me dises ce que tu as sur le cœur. Si tu dois me crier dessus, fais-le. Me demander des explications, fais-le aussi. Je te répondrai. Ce que je veux, c'est simplement t'aider… répondit-il tendrement.

— En détruisant mon foyer ?

Artie comprit à ce moment-là qu'il y avait eu un malentendu. Il s'en vexa instantanément, lui qui voulait rester calme…

— Attends, tu crois que je vais accepter ?! Tu penses que je suis aussi débile ? s'exclama-t-il, vexé.

— Je pense que tu es un humain comme les autres, cracha Oli, le rouge aux joues.

— Moi, ce que je pense, c'est que t'es sacrément con. Tu crois que je veux participer à un projet qui risque de détruire tout ce que vous avez reconstruit ? Je t'aime, je te l'ai déjà dit. D'ailleurs, j'attends encore une réponse.

— Pardon ?

Oli n'avait plus l'air en colère. Non, il avait l'air perdu. Il semblait vouloir demander quelque chose, le sourcil levé, Artie ne lui en laissa pas l'occasion. Lui, pour le coup, était encore en colère.

— Comment ça, pardon ? D'ordinaire, lorsque quelqu'un dit « je t'aime », il n'y a que deux réponses possibles : « moi aussi » et « désolé mais pas moi ». À la limite, j'aurais même accepté un « merci » bien vexant, tu vois ?

— Non, je veux dire… Tu vas refuser ? demanda Oli en haussant le deuxième sourcil.

— Mais évidemment que je vais refuser ! Je ne compte pas t'abandonner pour aller construire des immeubles qui seront sans doute très moches, d'ailleurs. Tu as dit que tu voulais être un peu mon refuge, ici. Et c'est le cas. Je vais protéger mon refuge. Maintenant, si mon refuge pouvait arrêter de bouder, et venir me faire un câlin, ça pourrait être pas mal.

Oli pouffa. Il pouffa, avant d'éclater de rire. Artie restait furibond, il avait les joues gonflées et le nez froncé.

— D'accord, j'ai sauté sur des conclusions hâtives, j'aurais dû entendre ce que tu avais à dire. Tu me pardonnes ?

— Je ne tirerai vraiment jamais un « je t'aime » de ta bouche, hein ?

Oli le prit dans ses bras. Il riait encore lorsqu'il posa un baiser sur le sommet de son crâne. Artie fit mine de se dégager, mais ne se débattit pas vraiment. Leurs collègues n'allaient sans doute pas tarder à arriver, brisant l'instant. Il voulait en profiter au maximum.

— Ça va être l'heure d'y aller…

— Je suis encore fâché. Continue à te faire pardonner.

— Artie…

Oli approcha sa bouche de son oreille, sa voix grave sonna comme une musique lorsqu'il murmura :

— Tu te trompes. Il y a plus de trois façons de répondre à un « je t'aime ». Il y a « pas moi », il y a « moi aussi »… Et il y a ça.

Il posa un genou au sol, Artie pensa furtivement que son pantalon allait se salir. Oli retira tranquillement son gant, puis il tira de son doigt un anneau en argent très travaillé, sur lequel était gravée une ribambelle de petits champignons miniatures. Artie n'avait jamais vu le bijou, qui était toujours camouflé. Il était joli. Il lui sembla encore plus beau quand Oli s'empara de sa main à lui, et passa la bague sur son annulaire. Elle était un peu petite, mais elle lui allait. Artie ne put retenir une plaisanterie, pour évacuer un peu de ses émotions.

— Oh, je le veux.

— Ne t'emballe pas, Roméo. C'est une promesse. Une promesse qu'à partir de maintenant, je ne douterai plus jamais de toi. C'est la troisième façon de le dire, ton « je t'aime ».

Artie avait passé la journée à regarder sa main. Il avait même marché sur les pieds de Didier qu'il avait croisé dans le couloir.

— Qu'est-ce qu'il y a, tu admires ta nouvelle manucure ?

— Exactement, j'aime bien le vernis rose que m'a mis la dame.

Rien ne pouvait nuire à sa bonne humeur, il était au septième ciel. Il sifflota en regagnant son bureau, et continua sa chansonnette même en voyant un mail qui lui demandait de revoir une annonce sur laquelle il avait fait des erreurs.

Au moment de rejoindre Oli devant l'agence pour leur trajet quotidien à travers bois, il sifflait un nouvel air. Le beau châtain s'en amusa :

— Tu comptes faire carrière dans la chorale des oiseaux moqueurs?

— Ha non. Ce n'est pas moi le spécialiste pour voler.

Oli fit mine de se vexer. Il partit tout seul sur le sentier, Artie le suivit en l'appelant. Lorsqu'il le rattrapa, il prit son bras gauche dans le sien, et tendit sa main devant lui :

— Cette bague, elle signifie quelque chose pour toi ?

— C'est le genre d'anneau que reçoivent toutes les fées à la naissance. On ne le porte qu'une fois adulte. Il est généralement taillé sur les doigts des parents ou des aînés. Il arrive que la taille doive être ajustée…

— Ha, un peu comme les gourmettes pour nous, des fois.

— Peut-être ? Les anneaux arrivent sans gravure. En grandissant, les fées gravent leurs champignons en fonction du nombre de gens qui ont marché dans leur cercle, et ce, jusqu'à ce que l'anneau soit rempli. Une fois qu'il l'est, on considère que la fée est arrivée à maturité.

— Je vois… Tu peux me le donner comme ça, alors ? Ça a l'air assez sérieux…, s'inquiéta Artie ; mais son expression enchantée criait qu'il ne voulait pas lui rendre la bague.

— Ça l'est. Mais je fais ce que je veux de mes affaires. Et puis, je ne veux personne d'autre dans mon cercle. J'espère que tu étais le dernier insouciant.

— Sans vouloir te déprimer ou quoi, hein, mais… Ton cercle est quand même très facile à trouver.

Oli fronça les sourcils d'agacement. Artie fronça les siens de réflexion. Il finit par s'exclamer en plein milieu du chemin :

— Tu pourrais le camoufler !

— Comment ?

— Bah avec des feuilles, et des branches, et…

— Non, je voulais dire, quoi ?

— Ha.

Ils rirent en chœur.

— Tu pourrais décider de le rendre plus… discret, songea Artie en plissant les yeux.

— Je ne sais pas si c'est autorisé…

— Et si ce n'est pas toi, qui le fait ? Si ça arrive autrement ?

— Je suppose que c'est possible…

— Viens ! Amène-moi à ton cercle !

Oli prit à peine le temps d'y songer. Il se sentait pousser des ailes, en la présence d'Artie. Peut-être était-ce vraiment lui, l'oiseau. Il serra plus fort sa main dans la sienne : il ne voulait pas le perdre en s'éloignant du sentier.

La nuit était déjà tombée, donc leur escapade était plus dangereuse. La dernière fois qu'Artie avait profité d'une petite balade sous les étoiles, il s'était fait une entorse à la cheville. Oli ne laisserait plus cela arriver. Il le tenait donc fermement contre lui, prêt à se sacrifier pour sauver ses chevilles, ou ses genoux.

Les érables les accueillirent, leur beau feuillage n'était plus qu'un souvenir. Ils n'en restaient pas moins magnifiques, les branches biscornues leur offraient un spectacle d'ombres chinoises sur la neige scintillante : les ombres semblaient être celles de dragons. Artie n'aurait même pas été surpris que s'en fussent. Si les fées existaient, pourquoi pas les autres créatures des contes ?

Ils parvinrent finalement devant le cercle. Il avait oublié à quel point il était joli, les petits chapeaux rouge vif avaient l'air de rubis au milieu du tapis blanc. Curieusement, la neige avait épargné les champignons.

— Est-ce que ton cercle est protégé par un genre de magie ?

— Je ne sais pas. Sans doute, d'une certaine façon. En tout cas, les champignons ne meurent jamais, et il est impossible de les cueillir. De toute façon, la plupart des humains perdent un peu la tête une fois dans le cercle, personne ne pense à les arracher.

— C'est vrai que je me sentais ivre, quand je suis venu. Comme si j'avais bu toute la bouteille de mirabelle de mon grand-père.

— Ça ne me surprendrait même pas que tu l'aies déjà fait.

— Tu as vraiment une image déplorable de ma personne, Oli.

Il observa le cercle. Il n'y voyait pas très clair, pourtant il vit les champignons danser, comme lors de sa première visite. Captivé, ensorcelé, il fit un pas en avant…

— Artie, ne va pas dans le cercle.

Oli l'avait tiré par la taille, le mettant en garde d'une voix douce. Une voix plus enchanteresse encore que la mélodie des champignons.

— Si tu y retournes, je devrai recommencer à te chaparder tes affaires. Et tu devras recommencer les offrandes. Nous ne voulons pas ça, mmh ? Alors reste en dehors du cercle.

Il se permit une petite tape sur sa joue, et Artie secoua la tête pour chasser le sortilège. Ensemble, ils se mirent en quête de trouver des branchages solides, des bouts de lierre qui auraient survécu à l'hiver, quelques cailloux… Leur bricolage ne serait probablement pas efficace ; il n'aurait aucune utilité. Ils le firent quand même, en se bousculant et se chamaillant comme des enfants.

Leur œuvre achevée, ils prirent un instant pour s'asseoir sur un tronc non loin, et l'admirer.

— C'est… commença Oli.

— Original, finit Artie sans y croire.

— Évident. On dirait qu'on a essayé de construire une cabane qu'on aurait complètement ratée.

— Mais, très techniquement, on ne voit plus les champignons.

En effet, sous le tas de déchets naturels, les chapeaux rouges étaient invisibles.

— Dis, Oli... Si quelqu'un revient marcher dans ton cercle, tu devras les suivre pour récupérer tes offrandes, pas vrai ?

— Oui, c'est dans notre nature.

— Mais... Et si tu tombes amoureux d'eux, aussi ? se plaignit Artie en faisant la moue.

— Ça n'arrivera pas.

— Promis ?

— Promis.

Artie le nota dans un coin de sa mémoire. Il ne pouvait pas rompre sa promesse, les champignons étaient témoins.

Chapitre 17

Rat des villes, rat des champs

— Je ne pense pas que ça soit une bonne idée…

— Mais si ! C'est la meilleure des idées !

— Parce qu'elle vient de toi ?

— Non, parce qu'elle est logique. Fais-moi confiance ?

Depuis une bonne heure, Artie essayait de convaincre Oli qu'il avait fait le bon choix en décidant de l'accompagner dans sa ville natale, pour rendre visite à Charlotte. Le grand châtain était réticent à l'idée de prendre le métro, mais pas seulement : la raison pour laquelle Artie voulait absolument voir son amie, ce n'était pas simplement pour s'amuser.

Il avait réfléchi à une possible solution au problème de construction dans leur campagne, et en était venu à la conclusion qu'un article sur « les maisons en pierre à pourvoir dans un environnement bucolique » pourraient permettre à de nouveaux habitants d'acquérir les maisons existantes ; et par la suite à se rebeller contre la construction d'immeubles dans leur cadre champêtre.

Le principal problème de la région venait des biens déjà existants. Artie en avait fait l'expérience, ils avaient dans les dossiers de l'agence une centaine de bâtisses pleines de charme… et de travaux conséquents. Ils n'arrivaient pas à s'en débarrasser. De ce fait, les investisseurs ne voyaient aucun problème à les raser, ratiboisant au passage quelques mètres supplémentaires de forêt pour agrandir le terrain, afin de construire des immeubles modernes qui logeraient plus de monde ; et leur feraient plus de chiffres.

Oli n'était pas convaincu de cette conclusion ; pas plus qu'il ne l'était de devoir se rendre en ville. Artie avait décrété que si Charlotte leur faisait un article, alors il pouvait bien lui demander pardon pour son impolitesse de la dernière fois. Même si Oli lui avait rappelé que les fées ne s'excusaient pas, il n'avait pas voulu l'entendre.

Pour lui, il était obligatoire qu'il aille s'expliquer avec la jolie brune ; et ce, avec sourire et bonne volonté.

Et voilà qu'ils étaient à la gare, et Oli avait envie de s'enfuir. Il n'avait pas peur du train, il en comprenait le fonctionnement ; c'était quelque chose de captivant pour un bricoleur comme lui. Il avait peur des grands boulevards, des voitures, du bruit. Il avait peur de la pollution, des magasins trop fréquentés, des transports en commun. Il avait peur de se perdre.

— Ça va aller ? Tu es un peu pâle…

— C'est absolument nécessaire ?

— Vois ça comme un weekend en amoureux !

Un piège, plutôt. Oli inspira longuement. Tout irait bien. Il se répéta cette phrase en boucle pendant le trajet, écoutant à peine Artie qui lui racontait ses soirées dans tel ou tel bar dansant, ou ses repas dans de fameux restaurants. Artie cherchait à lui faire penser à autre chose pour qu'il se détende. Cela ne fonctionnait pas. Chaque histoire le faisait angoisser plus encore, il s'imaginait entouré d'humains pleins de sueur et d'alcool. Il aurait pu en pleurer; mais sa fierté ne le lui permettait pas.

Ils arrivèrent à la gare un peu avant dix-huit heures. À cette heure-là, la gare était encore bondée, il leur fallut se frayer un chemin entre les voyageurs qui marchaient trop lentement et ceux qui s'arrêtaient en plein milieu du chemin pour regarder leur téléphone. Artie avait pris la main de son compagnon, et il la serrait fermement alors qu'il avançait tête baissée dans la foule.

La fée, qui pourtant ne pouvait pas voler, avait l'impression de planer ; et il en avait le vertige. Les effluves de tabac froid mêlés au parfum acide des nombreuses bières renversées par les ivrognes qui traînaient devant les portes lui donnaient la nausée. Artie passa de la main au bras, le maintenant du mieux possible en lâchant des « excusez-moi » empressés sur son passage.

Une fois sur le trottoir, Oli lui demanda un instant pour respirer. Il avait du mal à tenir son sac sur son bras, sa tête tournait. Quand il crut se sentir mieux, il releva les yeux… Et fut de nouveau happé par un tourbillon d'informations. Il se perdit dans les buildings immenses aux mille fenêtres, suivit du regard les ribambelles de voitures sur un grand pont un peu plus loin, survola les vitrines colorées, et acheva son voyage immobile sur les lumières qui se reflétaient dans des flaques d'eau et de pétrole mêlés, leur donnant un beau reflet moiré.

— Ouah…

— Ça te plait ?

— Ça me… fascine.

Il ne clignait plus des paupières, comme effrayé de louper une information capitale. Artie reprit tendrement sa main, et le guida sans parler : il ne voulait pas briser cet état de contemplation. Oli n'avait jamais eu d'aussi grands yeux, son visage n'avait jamais paru si lumineux. Artie rougit et il cessa de l'observer.

— Je t'emmène au restaurant ?

— D'accord.

Il ne protestait plus. Ensemble, ils arrivèrent face à une devanture sophistiquée, décorée de voilages verts. La porte était grande ouverte malgré le froid. Ce fut cela qui tira Oli hors de la transe dans laquelle il était depuis leur descente du train. Il fronça le nez.

— Est-ce si nécessaire de garder la porte grande ouverte ? La lumière suffit à dire qu'ils ne sont pas fermés. C'est inutile et mauvais pour la planète.

— Oli, ruine pas l'ambiance...

Il lui tapota l'épaule pour effacer les rides de son front, ce qui cette fois, fut inefficace : Oli était mécontent. Déjà désespéré, Artie se mit en quête d'un autre restaurant. Mais à chaque vitrine, Oli fronçait les sourcils : c'était soit la nourriture trop onéreuse, soit le chauffage trop fort, soit les poubelles pleines de nourriture qui n'avait pas été mangée... Il trouvait quelque chose à redire à chaque enseigne.

Ils finirent dans un minuscule café qui allait fermer, ils eurent quinze minutes pour commander et sortir avec leur boisson dans la main, et un sachet en papier recyclé sous le bras. Artie, déçu que son dîner romantique se fût transformé en pique-nique improvisé, les mena à un petit square qui jouxtait la bibliothèque municipale. Ils s'installèrent pour manger, en silence.

— Tu es en colère ? s'enquit Oli.

— Non… Mais je voulais te montrer les endroits que j'aime.

Il avait l'air déçu. Oli se sentit coupable.

— J'aurais dû me taire. Ce n'était pas voulu, s'excusa-t-il sans le faire vraiment.

— Je sais… Et tu avais raison, pour la porte. Je suppose que, quand on est pas directement concerné par les soucis environnementaux, on préfère rester aveugle à ce qui les aggrave.

Oli but une gorgée de son chocolat chaud. Il s'en fit sans le vouloir une moustache brune. Artie la lui retira du bout du pouce en s'esclaffant. La nuit était tombée et le calme avec elle, les gens ne traînaient plus près de la bibliothèque. La fée leva la tête pour admirer les étoiles ; la seule chose qu'il eut la chance d'apercevoir fut un avion qui filait entre les nuages.

— Ça ne te manque pas, les étoiles, quand tu es ici ?

— Il a d'autres belles choses…

— C'est vrai. Je les ai vues. Mais j'aurais du mal à vivre sans étoile.

— Que dis-tu, tu m'as moi, maintenant !

Il lui fit un clin d'œil en entourant son visage de ses mains. Oli grimaça, faisant mine de vomir. Il avait raison, pourtant. Désormais, il l'avait lui. Et avec lui, il avait l'impression de pouvoir traverser toutes les nuits, sans lune ou sans étoile.

— Je n'accepte pas.

— Charlotte…

La belle demoiselle était assise sur le bord de son lit, les bras croisés sur sa poitrine. Elle les regardait de haut, les ayant fait s'installer sur des coussins autour de sa petite table basse. Elle avait été surprise de voir Artie à sa porte ; lui avait sauté dans les bras sous le regard médusé d'Oli. Puis elle avait daigné remarquer la présence de cet intrus, et depuis elle boudait.

Artie la cajolait en la suppliant d'être compréhensive, il lui caressait le dos et lui promettait des cadeaux et autres faveurs, rien ne semblait fonctionner.

— Non, je n'accepte pas les excuses. Il ne les a même pas faites lui-même !

— Je ne les ferai pas ! J'avais raison de ne pas trouver votre attitude acceptable au travail, dit Oli sans se démonter.

— C'était parfaitement acceptable, mais ta cruauté ne l'était pas, renchérit Charlotte, mauvaise.

Artie ne savait plus où se mettre. Il leva les mains en signe de plaisanterie :

— Allons, mes chers, ce n'est pas un procès…

— Toi, reste en dehors de tout ça, lui lança hargneusement sa meilleure amie.

— Charl…

— Tu ne devrais pas avoir à t'excuser à sa place, Albert ! C'est un adulte, il est assez grand pour réaliser ses erreurs.

— Oh, celles que je n'ai pas commises ? ricana Oli en tripotant un bibelot qu'il avait trouvé sur la commode.

Artie hésitait entre un fou rire et une crise de larmes : quelle était la meilleure façon d'exprimer ce qu'il ressentait, en cet instant précis ? Il se décida pour un rire, qui sonnait faux. Il posa une main sur l'épaule d'Oli, et s'adressa directement à son amie.

— Charlotte… Tu as raison, Oli devrait sans doute s'excuser.

Il s'attira un regard meurtrier de ce dernier, qu'il encaissa en silence. Il n'avait pas fini.

— Et tu devrais aussi comprendre que parfois, même sans parler de fierté, il est plus compliqué pour certains de prononcer des excuses. C'est pas pour ça que je suis ici, aussi. Oli... Oleander sait qu'il a mal agi, et il veut que tu le saches aussi. Il est conscient que son attitude n'était pas très... avenante.

— Ouais... La seule chose dont je suis conscient, c'est qu'elle devrait garder les mains dans ses poches, au lieu de les balader sur les gens qu'elle croise dans les couloirs.

— Il insinues quoi là ?! Que je suis une espèce de... s'écria Charlotte, choquée.

Artie retourna s'asseoir sur son coussin. Il en avait assez. Oli ne faisait pas d'effort, et Charlotte avait l'incroyable qualité de ne jamais se laisser marcher dessus. Il ne pourrait pas les réconcilier. Il fit machinalement tourner l'anneau sur son annulaire ; une habitude qu'il avait prise lorsqu'il était angoissé. À côté de lui, ses deux camarades n'avaient pas cessé de se crier dessus.

— Je ne m'excuserai pas d'avoir voulu protéger ce qui m'appartient.

— Pardon ?! La petite agence toute moche t'appartient ? Redescends, tu es stagiaire tout comme Albert, et Albert ne prétend pas que son lieu de travail est à lui, hein.

— Je ne parle pas du bureau, maligne. T'es pas futée, hein.

— Oh, parce qu'il y a quelque chose que monsieur aime encore plus que son petit travail idiot dans son petit village paumé ?

— Ben oui ! Lui !

Artie bondit de son coussin. Charlotte, qui avait levé un doigt comme pour demander le prochain tour de parole, se figea. Un ange passa… Ou peut-être que c'était une fée ? Oli les regarda tour à tour… Puis se transforma en pivoine tandis que Charlotte cherchait à cacher son visage dans ses mains. Artie revint vers lui, il ne fit même pas l'effort de tenter de masquer sa joie.

— Tu aimes quoi ?

— Je…

— Tu m'aimes, moi ?

— Mais tu le sais déjà…

— Mais tu ne l'as jamais dit.

Artie commençait à s'amuser. Il avait attendu ce moment durant de longues semaines, et maintenant qu'il avait eu sa déclaration, il comptait bien l'embêter avec ça.

— Tu sais, Oli, ce n'est pas comme ça que je voulais te l'entendre dire… Mais je vais faire avec.

Il n'attendit pas d'autres balbutiements pour poser ses lèvres sur les siennes, sans crier gare. Charlotte émit un couinement de souris, tandis qu'Oli acceptait le baiser les bras ballants. Sa déclaration avait apaisé leur dispute. Finalement, ce fut Charlotte qui reprit la parole en premier.

— Eh bien… Déjà, merci Albert de m'avoir prévenue de votre relation, je ne me sens pas du tout stupide.

Il lui tira la langue, la main toujours posée dans la nuque de sa fée.

— Ensuite... Je suppose que je peux aussi m'excuser alors, d'avoir été un peu trop... amicale, devant toi, Oleander. Je sais comme ça peut être compliqué de cacher sa jalousie. Je pense toujours que ta réaction était injuste... Mais je la comprends.

— Non, tu as raison. Ma réaction était démesurée. Artie ne savait même pas que je l'aim... que j'étais intéressé par lui, à ce moment-là. Je n'avais aucun droit à être aussi possessif.

— On est quitte, alors ?

Ils échangèrent un sourire timide, l'un comme l'autre. Artie, ravi, frappa dans ses mains pour capter leur attention.

— Maintenant que vous êtes les meilleurs amis du monde, il serait temps de parler business. Charlotte... Nous avons besoin de tes compétences de journaliste tout terrain...

Il lui expliqua leur plan en quelques lignes, ne mentionnant évidemment pas l'existence des fées. Il insista sur la démarche écologique de leur projet, s'épanchant sur la beauté de leur forêt, et l'importance de protéger la faune et la flore de la région. Elle l'écouta en prenant des notes, Artie admirait sa rigueur.

Ils finirent par mettre sur papier toutes leurs idées, les enjeux et les options. Charlotte promit de commencer à travailler sur son article dans la semaine. Elle prévoyait de leur rendre visite pour prendre quelques photos, et interroger les habitants du village… Oli la remercia sincèrement, les yeux brillants. Ils ne brillaient pas de tristesse, ses yeux sanpaku, mais d'une lueur différente qu'Artie n'avait jamais vu briller jusqu'alors : de l'espoir.

Fairy Ring!

Chapitre 18

Tea time

Oli relisait en boucle les deux petits paragraphes sur la célèbre revue. Deux paragraphes qui auraient dû changer sa vie… Et qui n'avait fait que retarder l'instant où lui et sa famille seraient une fois de plus délogés de leur territoire. Il y avait cru, pourtant. À cette solution si simple, si évidente.

L'article de Charlotte était très bien réalisé. Les photos avaient été prises les jours où brillait le soleil, les quelques lignes de poésie qui décrivaient la quiétude des maisons de la campagne vendaient véritablement un beau rêve… Qui n'était qu'un rêve. Il y avait eu quelques visites, quelques discussions… Puis les ventes n'avaient pas abouti. Trop de travaux, pas assez de temps, trop loin du travail : tant de raisons qui poussaient les acheteurs à se tourner vers un autre type d'habitation, ou de région.

Oli était déçu, bien qu'il s'y soit attendu. L'idée d'Artie était bonne… Pas exceptionnelle. Pas infaillible.

Fairy Ring!

— Oli ? Ça va ? demanda d'ailleurs le génie de l'opération en se faufilant derrière lui.

— Ça fait un mois. On est mi-février, et aucune maison n'est vendue.

— Ça va le faire… Il faut attendre encore un p…

— Non, ça ne le fera pas. Notre idée ne fonctionne pas, se mit à paniquer Oli. La nouvelle agence prévoyait pour quand le début des travaux ?

— Novembre.

— Donc, elle comptait récupérer les biens de notre agence quand ?

— Les démarches devaient commencer en mai…

— Ça ne le fera pas. Le timing est trop serré.

— Ne désespère pas ! Il y a forcément quelque chose à faire. Et si rien ne fonctionne, j'irai me planter au milieu des arbres avec une pancarte, promit Artie en brandissant le poing.

— Et un mégaphone ?

Oli avait retrouvé un semblant de sourire. Artie abandonna un fantôme de baiser sur sa joue.

— « Sauvons nos arbres ! Sauvons nos fées ! »

— Sauvons-nous, à la vitesse où ça va.

— Oli, j'essaie d'être positif, là.

— Je sais.

Il soupira en ébouriffant ses cheveux. Artie voulut prendre sa main… Il fut coupé dans son élan par l'entrée fracassante de Didier dans le bureau. Ce dernier s'était pris les pieds dans la moquette et avait trébuché en ouvrant la porte, bousculant au passage le porte-manteau qui s'échoua sur le bureau d'Artie.

— Artie, j'ai besoin de toi, les interrompit-il sans les saluer.

— J'écoute ?

— Il y a quelqu'un au téléphone pour toi, dans le bureau du chef. C'est urgent.

— Je dois m'inquiéter ?

La voix d'Artie trembla sur la fin de sa phrase.

— Viens.

Oli le regarda partir, inquiet. Il l'interrogerait plus tard. Pour faire passer le temps, il décida de renvoyer un mail à Charlotte, pour la tenir informée des répercussions qu'avait eues son article.

Ils avaient fini par être en meilleurs termes, grâce à leur travail d'équipe forcé. Lorsque Charlotte était venue pour faire ses interviews, Oli l'avait accueillie et lui avait fait visiter le village avec Artie. Ils avaient mangé un repas ensemble, et même s'il était encore compliqué de dire qu'ils étaient amis, ils étaient sur la bonne voie.

Oli voulait la remercier pour son travail. Il ne comptait pas lui étaler ses doutes et ses angoisses, son message fut bref et poli. Il ne parvint pas à se concentrer sur le reste de son travail. Ce ne fut qu'après dix-sept heures qu'Artie le rejoignit, uniquement pour ranger ses affaires avant de devoir rentrer. L'un comme l'autre n'avaient pas accompli grand-chose de leur journée.

Oli essaya de ne pas se blâmer pour son manque d'efficacité. La meilleure partie de sa journée restait à venir : le retour chez lui, sa main dans celle de son compagnon aux cheveux blonds. Il fut le premier dehors, son écharpe mise à la va-vite pendait un peu trop à gauche et tenait à peine à droite. Artie, qui ironiquement, fut le dernier à quitter les locaux, pouffa en le voyant, et entreprit de la lui remettre correctement... Ce qui n'échappa pas à leurs collègues, qui s'esclaffèrent sans chercher à être discrets.

Oli décida comme à son habitude de les ignorer, ce qu'Artie ne faisait jamais. Il rougit brusquement, et relâcha l'écharpe comme si elle lui avait brûlé les doigts. Il toussota avant de se justifier, pour se donner du courage.

— Il avait l'air ridicule. Faut bien l'aider.

Leurs collègues furent convaincus en un instant : après tout, ils étaient tous au courant que les deux stagiaires ne s'aimaient pas, et adoraient se moquer de l'autre. Oli lui adressa un haussement de sourcils, qu'il accentua lorsque leurs collègues furent loin.

— M'en veux pas, je ne voulais pas éveiller de soupçons…

— Je ne t'en veux pas, mais est-ce que notre relation aussi doit être un secret ?

— C'est toi, grand menteur de notre époque, incroyable acteur de notre société, qui refuse un secret supplémentaire ?

— Artie… Le fait que je t'aime ne devrait pas être un secret.

Il avait de plus en plus de facilité à le dire. Il en était un peu fier. Il aurait aimé qu'Artie le soit aussi.

— Tu as raison. Je ne cacherai plus mon amour. D'ailleurs, demain matin, arrivons ensemble et embrassons-nous juste devant la porte !

— Tu exagères toujours…

— Mais tu adores ça !

Il lui planta un baiser sur la joue, et prit sa main comme à leur habitude. Ils avancèrent dans la forêt d'hiver, les arbres dénudés de leur feuillage semblaient avoir froid. Oli ne put s'empêcher de se dire que ses congénères allaient également subir les températures, une fois délogés de leurs habitations… Il inspira profondément avant de poser sa question :

— Tu étais avec qui, au téléphone ? C'était quelque chose de grave ?

— Oh, non, pas du tout. C'était rien de très important.

Il avait détourné le regard. Oli lâcha sa main. Il savait qu'il ne lui disait pas toute la vérité.

— Et donc, c'était quoi ?

— Oli… Tu ne vas pas aimer.

— Raconte-moi.

— C'était l'agence… La nouvelle.

Le froid qui avait terni la forêt atteignit le cœur d'Oli. Il attendit la suite, les lèvres pincées.

— Ils voulaient connaître ma décision.

— Et évidemment, tu leur as dit non ?

— Pas encore... Attends, attends, laisse-moi t'expliquer ! paniqua Artie en voyant les yeux de son amoureux devenir plus noirs que d'ordinaire. Je n'ai pas dit non, mais je vais le faire ! J'attends juste que notre travail porte ses fruits. Je veux pouvoir les dissuader.

— J'ai peur. Je déteste l'admettre mais ça me terrifie, murmura Oli en regardant dans le vide, soudain affaibli.

— Je sais...

Oli reprit sa main. Il aurait aimé ne plus y songer. Lorsqu'il regarda le chemin qui courait devant lui, il devina les restes fanés des fleurs qui avaient autrefois décoré les sentiers. Des fleurs qui prouvaient la présence des fées, leur souffrance et leur histoire. Il ne pouvait pas ignorer la situation, qui était bien trop grave.

— Dis-moi, Oli... Comment est-ce que vous vivez, au-dehors ? Je veux dire... Nous ne voyons pas les fées, actuellement. Et pourtant, tu disais qu'elles vivent dans la forêt.

— Elles sont là. Nous vivons toujours dans la nature, sourit Oli, énigmatique.

— Oui… Dans des maisons comme la tienne ?

— Oui et non. Nous avons plein de façons de nous loger, de vivre et de travailler.

— J'aimerais bien les connaître.

Devant ses yeux brillants de curiosité, le cœur gelé d'Oli se mit à fondre comme un caramel mou. L'amour le rendait niais. Il le tira avec lui vers une souche sur laquelle ils s'assirent, et ce fut l'instant que choisit le soleil pour venir caresser leurs épaules.

— Avant les premières constructions, nous vivions tous de façon similaire. Nos habitations étaient cachées dans des terriers sous les arbres, ou dans la forêt pour ceux qui possédaient des cercles de champignons suffisamment puissants pour désorienter les promeneurs. L'intérieur de nos maisons actuelles ressemble à ce que tu as vu chez nous. Nous utilisons beaucoup le bois, la terre et les pierres pour aménager nos intérieurs.

— Ton frère me parlait de tes créations… Toutes les fées bricolent, alors ?

— Nous apprenons tous les mêmes bases. Ce que nous faisons ensuite ne dépend que de nous. Mais nous savons tous cuisiner, coudre, graver, et construire une cabane. Ce sont les prérequis.

— Je vois. C'est impressionnant.

— Non, c'est nécessaire à notre survie. Hélas, ces apprentissages n'ont pas été très utiles quand nous avons subi la première vague de construction. Beaucoup d'entre nous sont morts sous les bulldozers, ou enterrés vivants dans leurs terriers. Des cercles ont été rasés, leur pouvoir était insuffisant pour parer le fracas des travaux.

Artie ouvrit la bouche, se ravisa en se mordant la lèvre.

— Pose-la, ta question, s'impatienta Oli.

— C'est pas très sensible de ma part, mais… Ils n'ont pas retrouvé les corps… ?

— Oh… C'est vrai que je ne t'ai jamais expliqué…

Artie avait fait chauffer l'eau pour le thé. Il n'avait que deux types de thé, un vert à la menthe et un noir très doux au caramel. Il n'avait pas proposé le choix à Oli, et avait d'office choisi le plus sucré des deux. Il savait que c'était celui-ci qu'il aurait choisi, de toute manière. Il lui rapporta sa tasse encore fumante, et l'accompagna d'une petite cruche à lait et d'un pot de miel. Oli le remercia d'un seul mouvement de tête.

Ils avaient décidé de continuer leur conversation une fois arrivés au cottage, afin de pouvoir discuter plus confortablement ; et éviter de se faire surprendre par la nuit. Oli n'était toujours pas très à l'aise chez son compagnon, bien que ce dernier lui ait répété mille fois de faire comme chez lui.

Il prit une gorgée de thé chaud, se brûlant la langue au passage. Le gourmand de l'arôme caramel vint enrober son cœur déjà adouci, et il se détendit. Artie le rejoignit sur le canapé, une autre tasse dans la main droite. La gauche vint se poser sur le genou d'Oli qui se crispa de nouveau. Sa détente avait été de courte durée.

— Alors, cette histoire de fées ?

— Tu te souviens, quand je t'ai dit que je ne voulais pas recevoir de fleurs ?

— Oui, je me souviens vaguement. Ça fait longtemps.

— C'était le jour où tu as découvert mon…secret.

Artie lui serra le genou, Oli ferma un instant les paupières. Les souvenirs de cette étrange soirée revinrent hanter leurs esprits. Ils ne se seraient jamais mis ensemble sans cet incident. Artie revoyait ses ailes dans sa mémoire, il se souvenait de son émerveillement... Sa fée reprit la parole :

— Nous ne nous offrons jamais de fleurs. Nous les adorons, les fleurs. Elles nous offrent du miel et des médicaments. Dans ces cas particuliers, il est autorisé d'utiliser la fleur, et donc d'en cueillir de façon raisonnable et contrôlée.

— Je vois. Donc, vous ne cueillez pas les plantes par souci écologique aussi ?

— D'un côté, oui… Mais ce n'est pas la raison principale. Tu connais mon nom, et celui de mon frère. Nous sommes tous nommés à la naissance, et ce nom ne nous est pas donné par nos parents. Lorsque nous venons au monde, une fleur pousse de nos premières larmes ; et uniquement des premières. Cette fleur, nous la retrouverons à la mort. Nos corps redeviennent fleur lorsque le dernier battement de notre cœur retentit.

— C'est donc pour ça que personne n'a retrouvé de corps…

— Exactement.

— Donc, toi, un jour, tu redeviendras un laurier ?

— Oui, dans longtemps… J'espère. Notre espérance de vie est proche de la vôtre.

— Je crois que le laurier vient de devenir ma fleur favorite.

Il se rapprocha de lui pour poser sa tête sur son épaule. Oli se laissa faire. Il était confortable, sur ce canapé trop petit avec son humain qui s'accrochait à sa jambe. Il vivait un conte qui n'appartenait qu'à lui.

— Oli… Tu restes dormir, ce soir aussi ?

— Tu veux que je reste ?

Il leva vers lui un visage boudeur, qui lui valut un pincement de joue de la part de son partenaire. Artie se plaignit en frottant sa joue désormais rouge cerise.

— Je veux que tu le veuilles toi aussi. Ou que tu me le demandes, murmura Artie en se rapprochant de lui.

— Désolé, mais je ne demande pas les choses. Ceci dit… Tu peux me convaincre de rester.

Ce qu'Oli avait en tête était plutôt un autre thé ou un dessert. Il ne s'attendait certainement pas au baiser qui recouvra ses lèvres, ni à la main entreprenante qui remonta de sa jambe jusqu'à sa taille ; sous le tissu de son tee-shirt. Il ne put retenir un frisson qui fit trembler ses ailes. Le bruissement interpella Artie, qui s'écarta juste une seconde, le temps d'admirer les joues d'Oli qui s'assortissaient désormais aux siennes avec une belle teinte carmin.

— Je ne…

— J'arrête ?

Oli sentit sa main s'immobiliser sur sa hanche. Il avait chaud, il se sentait fiévreux… et frustré. Il regrettait la caresse qu'il avait ressentie il y avait un instant. Il en voulait davantage. Alors, il hocha négativement la tête, et plaqua sa propre main sur celle d'Artie, réclamant son contact.

Le jeune homme ne se fit pas prier, prêt à lui faire toutes les offrandes qu'il désirait. Prêt à le vénérer, le chérir, le combler, sans rien attendre en retour. Prêt à le laisser lui voler ce qu'il voulait, parce qu'il lui appartenait déjà corps et âme.

Il finit par passer ses deux mains sous le vêtement, dans le but de le lui retirer. Oli serra la mâchoire, ce qui motiva Artie à être minutieux. Il lui retira le bout de coton trop large en toute délicatesse, faisant bien attention à ne pas effleurer son dos.

— Est-ce que tes ailes te font mal ?

— Non… Elles ne font pas mal. Elles sont très sensibles.

— Sensible… Comme ça ?

Il passa son index le long de la cambrure de son aile moirée, lui arrachant un râle à peine contenu. Il avait trouvé un nouveau divertissement. Il réitéra son mouvement, cette fois encore plus lentement… Son poignet fut soudainement emprisonné dans une main puissante.

— Arrête. C'est bizarre.

— Je t'ai blessé ?

— Ce n'est pas ça. Je n'aime juste pas cette sensation de perdre mes moyens.

— Tu as peur, alors ?

— Arrête, juste. S'il te plait.

Il n'insista pas. Il n'en avait aucun droit. Il posa un baiser amoureux sur sa bouche, et revint encercler ses épaules avec son bras, innocemment. Oli ressentit la même frustration que précédemment. Elle était en désaccord avec son cœur qui peinait à battre normalement, et son instinct qui lui hurlait le mot « danger ». Il ne se comprenait plus lui-même, c'était sans doute ça le plus terrifiant.

— Artie…

— Ne dis rien. Tout va bien. Je comprends. Excuse-moi.

— Tu n'as rien fait de mal.

— Je t'ai fait peur.

Il lui caressa la joue. La culpabilité faisait briller ses yeux… Ou était-ce les vestiges du désir qu'Oli pouvait y lire ? Oli laissa Artie se reblottir contre lui, et s'autorisa même à passer ses doigts dans ses cheveux. Il se sentait coupable, mais chanceux. Il s'installa à son tour, toujours à demi nu, contre Artie qui l'étreignit sans attendre. Il se sentait coupable, chanceux, et… humain ?

Chapitre 19

Bienvenue, printemps !

Le mois de mars s'installait et avait amené avec lui les valises du printemps. Quelques bourgeons revenaient donner vie aux arbres, l'herbe qui poussait semblait plus verte, et le soleil était de retour pour réchauffer leurs épaules. Oli aimait le printemps. C'était la saison des fées, des fleurs et des abeilles, du chant des oiseaux et des pluies régénératrices. Il était ravi d'y être de nouveau. Le printemps, synonyme de renaissance…

Cette année, ce printemps allait être décisif. Renaissance ou génocide ? Il n'avait pas encore la réponse à cette question. L'article de Charlotte avait eu un effet restreint. Il avait suscité de l'intérêt, mais pas d'actions. Elle avait retenté un article, que le journal n'avait pas voulu publier : ils préféraient parler du dernier match de foot en ville, ou des horribles crimes qui pouvaient y être commis.

Artie avait beau continuer à lui sourire, Oli savait qu'il n'en menait pas large : il n'avait plus d'idées, et le temps filait. Tous deux profitaient de la tendresse de leur relation, en mettant de côté l'ombre de ce funeste destin qu'Oli n'osait plus mentionner, de peur de le voir se réaliser.

Il ne le mentionnait plus… Mais y pensait sans interruption. Il y pensait en ce moment même, pendant qu'Artie baragouinait des histoires sans queue ni tête sur quelques histoires de famille. Il cherchait probablement à le divertir, Oli était désolé que ce ne soit pas un succès. Il ne l'écoutait pas.

— … Et donc, ma mère a dit « tu n'aurais pas dû lui donner les clefs », et… Oli ?

Il devait trouver une solution durable. Il devait penser à un plan solide. Devait-il demander de l'aide à son frère ? À sa mère ? Il ne pouvait pas ruiner aussi leur quotidien…

— Oli ? Hello ?

Il allait retenter son plan initial : faire en sorte de loger le plus de fées possible dans le plus de maisons possible avant les démarches. S'il le fallait, il falsifierait des documents, mentirait sur leur situation, leur inventerait des identités et des emplois… Il ne savait pas comment « inventer » de l'argent pour les acquisitions, ceci dit. Devrait-il simplement négocier avec l'agence pour baisser au maximum les prix de vente, et trouver une solution après ? Devait-il commencer à réclamer de l'argent en offrande, lorsque l'on marchait dans son cercle ? Mais ce n'était pas la nature des choses…

— Oli !

Artie lui avait donné une petite tape sur la joue. Il n'était pas en colère, Oli le comprit avec son rictus moqueur. Cependant, il avait l'air inquiet. Il voulut le rassurer d'un mouvement de main, ouvrit la bouche pour faire une plaisanterie… Son cœur s'arrêta un millième de seconde. Suffisamment longtemps pour qu'il arrête de respirer. Ses yeux s'écarquillèrent, son poing se serra.

Artie, qui l'avait déjà vu tomber contre un mur une fois, ne souhaitait pas voir cela se reproduire. Il encercla immédiatement sa taille, posa sa main contre sa joue et répéta son nom doucement, faisant de son mieux pour masquer les tremblements de sa voix.

Oli ne tomba pas. Il ne ferma pas les yeux. Il reprit contenance, et tourna très lentement le visage vers la forêt sur le côté du chemin. Il le ramena ensuite face à son partenaire qui semblait lui aussi avoir retenu sa respiration.

— Artie…

— Tu as besoin d'un truc ? Tu veux t'asseoir ? Tu as mal quelque part ? Je ne me souviens pas du chemin pour aller chez Narcisse, je suis dés…

— Non. Ce n'est pas ça.

Le vent, comme s'il était au courant de ce qui allait se dire, se mit à souffler, emmêlant dramatiquement leurs cheveux alors qu'ils se regardaient les yeux dans les yeux. Il voulait sans doute convaincre Artie que le frisson qui courut le long de sa colonne vertébrale n'était dû qu'au vent, et non pas aux mots de la fée.

— Quelqu'un vient de marcher dans mon cercle.

Artie n'avait pas posé de questions. Il en avait plein, pourtant. Il ne voulait simplement pas fouiner. Ou avoir l'air de le surveiller. Il n'avait que peu d'informations sur le cercle, et la forme du lien qui se créait entre le pauvre marcheur et la fée rancunière. Quel genre de personne avait bien pu marcher dans le cercle ? Les gens de la région étaient prudents, il devait s'agir d'un nouvel arrivant… ou d'un ancien imprudent.

Oli semblait chamboulé depuis qu'il avait reçu le « signal » que son cercle avait capturé un humain. Il était plongé dans des pensées auxquelles Artie n'aurait pas accès, même s'il le lui demandait. Allait-il s'en sortir durant toute la journée de travail ? Ils arrivaient devant l'agence, et il était toujours aussi pâle.

— Oli… ça va le faire ?

— Mmh ? Oui, bien évidemment. Pourquoi ça ne le ferait pas ? Tout va bien. C'est habituel.

— Mais tu…

— Je vais me débarrasser de lui en un rien de temps.

Il avait prononcé cette promesse en serrant les dents, Artie eut donc bien du mal à y croire. Il ne le relança pas, il était l'heure de se mettre au travail. Il allait…

— Monsieur Ortie ?

Monsieur ? Aucun de leurs collègues ne les appelait avec tant de politesse. Pourtant, Artie reconnaissait cette voix faussement joviale. Il se retourna pour découvrir son interlocuteur, et tomba sur un parfait inconnu. L'homme, dans la trentaine, portait un costume trois-pièces rayé et gris. Artie se sentit démodé dans sa tenue, il épousseta par réflexe sa propre veste. Il reconnut sa cravate comme l'une de celles qu'il voyait dans une vitrine, lorsqu'il habitait encore dans sa ville natale. Une boutique de petits créateurs, indépendants. Petit à petit, son cerveau assembla les pièces du puzzle… L'homme le devança, se présentant en attrapant sa main d'une poigne forte :

— Sylvain Brunet, nous nous sommes parlé plusieurs fois au téléphone ! Vous avez l'air plus jeune que sur la photo de votre CV !

— Ha ! Enchanté. Je suppose que c'est l'air de la campagne qui me fait rajeunir !

Dans cette tentative d'humour, il avait voulu jouer sa stratégie… Ce ne fut pas reçu comme tel. Pas reçu du tout, d'ailleurs.

— Effectivement ! Un bel argument pour faire louer les appartements que nous allons construire !

— À ce propos, monsieur Brunet, je…

— Est-ce qu'il y a un problème ? réagit vivement monsieur Brunet, agacé.

— En fait, oui, je…

Il ne continua pas. Ce n'était pas nécessaire, puisque ce n'était pas à lui que s'était adressé l'agent. Il regardait Oli. Alors Artie le regarda aussi, et il comprit pourquoi monsieur Brunet se sentait insulté. Son collègue avait relevé un sourcil, et toisait le nouveau venu d'un œil mauvais. Artie put y lire une pointe de malice, presque étouffée derrière un rideau épais de mépris. Malgré ce regard assassin, sa pupille brillait d'excitation. Il ne baissa pas le regard, s'autorisant même un haussement d'épaules insolent.

— Je pensais qu'il était nécessaire d'être poli, dans ce métier. Apparemment, certains s'en passent volontiers, railla Oli.

— Je vous demande pardon ?!

— Ce qu'il est correct de faire, lorsque l'on interrompt une conversation avec autant de... d'énergie, c'est d'abord de s'excuser. Ensuite, de se présenter aux personnes présentes.

— Je me suis présenté.

— Pas à moi, hélas. Or, je suis en face de vous, tout comme Albert, ici présent.

— Peut-être parce que vous ne m'intéressez pas ?

Oli se mit à rire. Le même rire cruel qu'Artie avait déjà entendu, dirigé vers sa propre personne. Il ne comprenait pas ce qui était en train de se passer.

— J'attendrai malgré tout une compensation, reprit Oli sans perdre son sourire espiègle.

— Une compensation ? Vous êtes dingue... Excusez-moi, mais je ne vais pas com...

— Oh, mais c'est trop tard pour les excuses. J'attendrai une compensation.

Oli se pencha en avant dans une révérence splendide et très théâtrale, summum de la moquerie. Il passa devant Artie en ignorant complètement son expression abasourdie. La même expression fut partagée par monsieur Brunet... Avant qu'elle ne se transforme en quelque chose qui ressemblait plus à de la peur. Il fallait admettre qu'Oli avait un charisme agaçant. Le genre de charme qui faisait plier le genou même lorsqu'on voulait lui tenir tête. Était-ce là une autre crise de jalousie ? Il s'excusa platement de l'attitude de son collègue, avant de rentrer à son tour dans l'agence.

Contre toute attente, Oli n'était pas dans le bureau. Il n'était pas non plus dans le vestiaire, ou aux toilettes. À force de tourner en rond, Artie finit par tomber sur Didier, qui lui intima de retourner au travail sur le champ. Il ne put évidemment pas protester, même s'il aurait aimé avoir la répartie d'Oli… Et l'absence de conséquences de ses coups d'éclat. Il l'attendit dans le bureau en tapant du pied, sans taper sur son clavier.

Oli ne revint pas de la journée. Lorsque Artie demanda à ses collègues ; après une journée à refaire les tâches ingrates auxquelles il échappait lorsque Oli était présent ; ils lui répondirent d'abord que ce n'était pas ses oignons. Puis ils répondirent qu'il avait bel et bien travaillé aujourd'hui, et qu'il avait passé la journée « sur le terrain ». Il était de plus en plus perdu. Pourquoi ne lui avait-il pas envoyé de message ? Était-il vraiment jaloux, et par conséquent fâché ?

Il décida de l'attendre devant l'agence. Il finirait bien par revenir le chercher… Non ? Il attendit une bonne demi-heure avant de se dire que peut-être que non, effectivement. Il était bien content que l'hiver se soit éloigné, autrement il aurait perdu ses orteils à l'attendre au crépuscule. Il décida de rentrer par lui-même, et étant seul, il prit le bus. Cela faisait si longtemps...

Il faisait bon dans le bus, le chauffage était encore activé. Il y avait peu de monde, aussi le trajet fut agréable, silencieux. Silence qu'Artie aurait volontiers troqué contre une conversation avec son Roméo. Il lui manquait. C'était ridicule, mais il lui manquait. Il descendit du bus, le cœur serré, avançant mécaniquement jusqu'à son cottage. Il ne remarqua sa silhouette élancée qu'au moment où il arriva sur le perron.

— Bonsoir, mon cher humain. C'était le dernier bus ? susurra la voix moqueuse d'Oli.

— Oui. J'ai attendu comme un abruti pour te raccompagner, mais tu n'es jamais venu.

— Me raccompagner ? Alors que c'est moi qui te dépose chaque soir devant ta porte ? Tu ne sais même pas où j'habite !

— Tu ne m'as jamais invité !

Oli lui tira une mèche de cheveux en pouffant. Apparemment, il n'était pas en colère contre lui. Artie en déduisit donc qu'il pouvait lui réclamer des explications.

— C'était quoi, ta réaction avec Brunet ?

— On ne l'aime pas, non ? Il vient de la nouvelle agence. Donc, on ne l'aime pas.

— Certes… Tu étais quand même sacrément dur.

Il voulait qu'il avoue sa jalousie, pour qu'il puisse rire de lui… avant de l'embrasser. Il trouvait cette jalousie maladive intéressante plutôt que gênante : il se demandait s'il agissait ainsi à cause de ses insécurités. Dans tous les cas, il n'avait pas à s'inquiéter, Artie l'aimait sincèrement, et aveuglément : il était certain de ne jamais retomber amoureux comme il l'était en cet instant.

— Artie… Je ne devrais pas te dire ça.

— Je t'écoute !

Il chantonnait, touché par sa possessivité. Il tomba de haut.

— C'est lui.

— Pardon ?

Oli avait l'air excité. Il pétillait. De la satisfaction, c'était ce qu'Artie ressentait de son collègue. Son cœur se serra de nouveau : il ne l'avait jamais vu aussi rayonnant, pas même avec lui. Certainement pas avec lui. Il fit la moue en tendant l'oreille. Il manqua de devenir sourd avec l'exclamation d'Oli.

— C'est lui ! L'abruti qui a marché dans mon cercle ! C'est le méchant de notre histoire !

Fairy Ring!

Chapitre 20

Champignon poison

Il courait pour s'amuser. Cela faisait une semaine qu'Oli s'amusait beaucoup. Sylvain Brunet était arrivé il y avait déjà sept jours, pour découvrir la région et commencer les discussions avec l'agence. Il était en avance par rapport à ce qui avait été prévu. Selon lui, et selon un dicton populaire, « le temps c'est de l'argent », et il ne voulait perdre ni l'un ni l'autre.

Et bien malheureusement pour le citadin, le temps qu'il passait dans l'agence se traduisait en argent perdu : cela faisait sept jours que ses affaires disparaissaient mystérieusement. Oli avait commencé par son sac, un classique. Puis son portefeuille s'était volatilisé au moment de payer son café, ce qui lui avait valu une remarque condescendante de la part du barista. Il avait perdu un stylo, qu'il avait retrouvé dans son sac... La cartouche d'encre avait fui.

D'ordinaire, Oli se serait contenté de lui prendre quelques objets sans valeur, jusqu'à l'agacer profondément. Mais au fond, il voulait le faire souffrir. Il lui en voulait sans le connaître. Certes, ce monsieur n'avait aucune idée de leur existence, il ne savait même pas à qui il nuisait avec son grand projet de réaménagement. Il était sans nul doute persuadé que moderniser la région serait un atout pour son attrait touristique. Comment aurait-il pu savoir qu'il allait tuer toute une population ?

C'était ce qu'Artie lui avait dit, alors qu'ils grignotaient des madeleines sur le canapé. Il avait voulu adoucir son compagnon, en justifiant les actions de l'agent par ces excuses qui, il fallait l'admettre, faisaient sens. Oli n'avait pas voulu les entendre. Le détester était plus facile.

Il n'avait pas voulu en parler à son amoureux, mais il ne se sentait plus lui-même depuis quelque temps. La proximité qu'il avait malgré lui fini par avoir avec les humains, avec son humain, lui donnait l'impression de ne plus être entièrement lui. Lui, la fée rancunière, désagréable et en colère contre l'humanité tout entière.

L'arrivée d'un nouvel individu dans son cercle lui donnait la possibilité de redevenir celui qu'il était de nature ; de naissance. Il s'en donnait donc à cœur joie. Il courait, au milieu de la forêt, avec dans sa poche un chargeur de téléphone et un paquet de bonbons à la menthe qui n'étaient pas à lui, et il se trouvait très drôle.

Il interrompit sa course, à peine essoufflé. Ce n'était que le début. Il avait plein d'autres idées pour lui mener la vie dure. Mais avant cela… Il avança tranquillement vers la maison de son frère, prenant le temps de rafraîchir ses idées et son visage. Narcisse lui avait demandé de venir pour son contrôle de santé mensuel. Il n'en avait aucune envie, n'en avait jamais vraiment envie, et pourtant, il cédait toujours à la demande de son frère qu'il savait inquiet. Il le salua en posant son butin sur la table, ce qui fit sursauter le médecin.

— Oleander ! J'ai failli lâcher mon flacon.

— Tu prépares quoi ?

— Un sirop de pissenlit. Tu devrais en prendre avec toi, en partant.

— Ça me va.

Il enleva sa chemise et s'allongea sur le ventre. Il était habitué. Les outils froids de Narcisse vinrent méticuleusement ausculter sa peau de miel.

— Tu sembles de bonne humeur. Encore grâce à ton ami... Albert ?

— Non, ce n'est pas Artie. J'ai eu un nouvel arrivant dans mon cercle.

— Eh bien, cela faisait longtemps que l'on avait pas vu Sa Cruauté Oleander à la tâche !

— Ça me donne plein d'énergie.

— Et qu'en pense ton petit humain ?

Oli se renfrogna, piqué. Il savait qu'Artie le trouvait trop dur avec Brunet. Il savait aussi qu'il n'aimait pas le voir aussi heureux d'être aussi cruel.

— Il n'en pense rien. De toute façon, ce n'est pas lui qui décide.

— Je suis content de voir que tu restes toi-même. Et rassuré, je dois dire. Je n'aimais pas trop tes nouveaux liens avec les humains.

— Artie est différent. Il est là pour moi.

— Tu en es sûr ? Tu doutais encore de lui il y a deux mois…

— Je le sais. On en a discuté.

Il continua son examen en silence. Narcisse ne pipait mot, même s'il avait plein d'autres choses à dire. Et Oli n'était pas du genre à briser un silence induit par sa propre remarque. Il attendit simplement que son frère finisse par craquer.

— Tu vas pouvoir ajouter un champignon à ton anneau, alors. Ça t'en fait combien avant de le compléter ?

— Il ne m'en manquait qu'un seul… J'avais oublié.

— Tu veux le faire avant de partir ?

— Non, merci.

— Allez, ne fais pas ta mauvaise tête ! C'est une belle chose, tu es enfin devenu une fée accomplie !

— Je ne veux pas le faire maintenant.

— Donne-moi ta main.

Il la cacha dans son dos. Son frère pouvait être féroce, quand il le voulait. Il lui chatouilla les côtes, les bras, allant jusqu'à lui chatouiller les aisselles pour qu'il cède enfin. Il attrapa son poignet, retourna sa main… Et hoqueta de façon très ridicule.

— Bah ? Elle est où ?

Oli hésita entre feindre la surprise ou simplement garder contenance. Il se décida sur la seconde option.

— Je ne l'ai pas mise, répondit-il en évitant le regard perçant de son frère. Un regard qui lui rappelait celui de sa mère.

— Tu ne l'as jamais retirée. Pourquoi tu ne l'as pas mise ?

— Je ne voulais pas la perdre.

— Menteur.

— Je…

— Oleander, tu vas me dire où est ta bague tout de suite. Je ne plaisante pas.

Il aurait voulu éviter cette conversation. Il arracha sa main de celle de son frère, et entreprit de se rhabiller tranquillement, en évitant son regard sévère.

— Elle est en lieu sûr. C'est un objet précieux, après tout.

— En lieu sûr ? Plus sûr que ta propre main ?

— Plus sûr que ma propre maison.

— Tu n'as pas… l'humain ?!

— Je ne te demande pas de me faire la leçon, Narcisse. Je suis assez grand pour décider de ce que je veux faire avec mes affaires !

— Je t'interdis de me crier dessus.

Oli pouvait être mesquin, cynique, mauvais, mais il criait rarement. Narcisse, quant à lui, ne criait jamais. Les deux frères avaient eu des désaccords par le passé, qu'ils avaient résolu avec une bonne discussion. Ce genre de disputes n'existait pas entre eux. Crier pour se faire comprendre, c'était un truc d'humain… Oli se sentit rougir. Il attrapa ses affaires, bousculant au passage le plateau qui portait les bocaux de sirop de pissenlit. Une jarre s'échoua sur le sol, le sirop fut projeté sur les pieds des meubles dans un fracas étourdissant. Oli voulut le ramasser, hésita en voyant le regard peiné de son frère… Il se précipita hors de la pièce, ignorant une douleur lancinante à sa cheville gauche.

Il courait de nouveau, s'amusant beaucoup moins cette fois. Il n'était plus lui-même, finalement. Il se mentait. Il avait bel et bien changé. Son frère le pardonnerait-il ? Sans doute, Narcisse pardonnait toujours. Se pardonnerait-il à lui-même ? C'était bien moins certain. En courant, Oli se fit la promesse de ne plus jamais crier. Il regrettait déjà cette promesse, parce que sa cheville lui faisait quand même sacrément mal…

Artie soupirait en regardant couler le café. Il n'était pas un grand amateur de café. Il passait des nuits compliquées, ces derniers temps, à se retourner sans trouver sa place, se relever sans parvenir à se rendormir ensuite… Il dormait trop peu. Le café était donc devenu son allié. Il le buvait noir, corsé, et sans lait. Il ne savait pas si c'était un effet placebo ou une vraie réaction face à la caféine, mais après sa tasse du matin, ou celle du goûter, il se sentait généralement plus frais.

Il n'avait pas beaucoup vu Oli, depuis l'arrivée de Sylvain. Il savait que la fée était occupée à lui mener la vie dure. C'était son travail, sa vocation, et pourtant, Artie se sentait délaissé et étrangement jaloux. L'obsession d'Oli pour Sylvain le mettait mal à l'aise, ça lui donnait l'impression d'être mis de côté. De ne plus avoir la moindre importance.

Il avait fini par se le demander : est-ce que les fées étaient à ce point attachées aux humains qu'elles torturaient ? Est-ce que dès lors qu'une autre personne pénétrait dans le cercle, la précédente devenait un vieux souvenir ? Il était inquiet.

Il rinça sa tasse à l'eau bouillante, ignorant la brûlure sur ses doigts. Peut-être qu'il prenait goût à ce genre de petites douleurs qui le sortait de sa torpeur. Il s'endormait debout. La clochette de la porte d'entrée le réveilla comme son alarme, et il secoua la tête pour chasser le sommeil. Qui pouvait bien être à sa porte un samedi soir, à dix-neuf heures, et sous cette pluie ?

Il n'avait pas de judas. Il aurait aimé pouvoir s'assurer qu'aucun tueur en série ne voulait sa peau… Tant pis, il allait prendre le risque. Il entrebâilla la porte, peu rassuré. La main humide qui agrippa son avant-bras manqua de lui faire tourner l'œil. Il hurla sans retenue, la surprise s'additionnant à la fatigue.

La porte s'ouvrit en grand, dévoilant une silhouette dégoulinante qui se tenait sur un seul pied, l'autre étant relevé derrière elle. Derrière un rideau de cheveux imbibés d'eau de pluie, Artie reconnut les yeux tristes de son amoureux. Il le tira vivement à l'intérieur, parfaitement alerte pour la première fois depuis une semaine d'insomnie.

— Oli ? Que s'est-il passé ?

— Je peux rester ici, s'il te plait ?

— Bah bien sûr… Je vais chercher de quoi te sécher, tu vas retomber malade, là…

Il se précipita dans la salle de bain, abandonnant la fée trempée debout devant la porte fermée. Il fouilla dans les placards une bonne minute avant de se souvenir qu'il n'avait pas fait de lessive depuis au moins dix jours et que son linge de maison était au fond du panier. Il revint dans le salon en se tortillant les doigts.

— Je n'ai plus de draps de bain… Tu devrais te changer, ça serait plus efficace.

— D'accord.

Oli était... vide. Artie lui prit la main. Il voulut l'emmener avec lui vers la salle de bain. Il n'y parvint pas. Oli boitait. Lorsque son compagnon baissa les yeux, il aperçut une tache sombre sur sa chaussette. Ce n'était pas de l'eau.

— Tu es blessé ? Assieds-toi, tout de suite !

— Ce n'est pas grand-chose...

Il le dit en grimaçant. Artie inspira profondément en le poussant sur le sofa.

— Tu aurais dû commencer par me dire ça. Je vais désinfecter.

Il commença par retirer ses chaussures, et entreprit de nettoyer la plaie. En passant la compresse, il découvrit un petit bout de verre planté dans sa cheville.

— Je ne sais pas si c'est judicieux que je te soigne... Tu devrais voir un médecin. Je vais t'accompagner.

— Je ne peux pas aller à l'hôpital, je te l'ai déjà dit.

— Non, je pensais à ton frère.

— Je ne veux pas voir mon frère.

— Oli, sois raisonnable, tu as du verre dans la jambe…

— Je ne veux pas le voir. Pas maintenant.

Plus que sa voix tremblante, ce furent les larmes qui brillèrent dans ses yeux qui convainquirent Artie. Il n'insista pas et retira le verre avec une pince à épiler. Selon lui, la plaie aurait bien eu besoin de points de suture. Elle n'était pas très étendue, mais elle était profonde. Il espérait avoir retiré tous les corps étrangers présents dans la blessure.

Tout le temps des soins, Oli ne bougea pas. Il grimaçait beaucoup, grogna quelques fois… Mais ne bougea pas. Artie finit de serrer un bandage autour de sa cheville. Il avait mis quelques strips après avoir pansé la plaie, mais il devinait déjà à la tâche écarlate sur la compresse que cela ne suffirait pas. Oli n'allait pas se vider de son sang, mais cela allait laisser une jolie cicatrice.

— Te voilà presque réparé. Tu peux me dire ce qu'il s'est passé ?

— Je me suis disputé avec Narcisse…

— Il t'a frappé ?!

— Ça va pas la tête ? Non, il ne ferait jamais ça ! C'est ma faute, j'ai bousculé son matériel et tout est tombé par terre.

— Oh… Désolé.

Oli ébouriffa affectueusement ses cheveux, comme d'habitude, pourtant, Artie sentait qu'il était ailleurs. Il se laissa cajoler, malgré tout content de cette caresse. Il lui avait manqué. Il l'aida à retirer ses vêtements humides et entoura ses épaules d'un plaid duveteux, avant de se lover tout contre lui dans le canapé. Sa peau froide rougissait là où il avait posé ses mains.

— Pourquoi vous vous êtes disputés, avec Narcisse ?

— Rien d'important…

— Oli ? On a dit que tu devais me faire confiance.

— C'est vrai. Narcisse n'est pas de cet avis. Pour lui, je te fais bien trop confiance, justement.

— Je suis désolé…

— Arrête de t'excuser. Je fais mes choix, Artie, et j'ai choisi d'être à tes côtés. Ce qu'en pense mon frère, c'est son problème. Je t'aime.

— Je t'aime aussi.

Leur premier baiser fut tout doux. Celui qui suivit fut plus langoureux. Cette fois, alors que les mains d'Artie se faufilaient dans son dos, Oli ne paniqua pas. Il accepta ce contact avec une liberté nouvelle, et s'autorisa même quelques gémissements de plaisir. Son aile valide frémit, il sursauta. Artie garda sa main dans son dos en lui demandant :

— Ça va ?

Oli décida de répondre par un énième baiser, plaquant son torse nu contre celui encore habillé de son amant. Leur contact leur brûlait la peau à tous les deux, le contraste entre l'épiderme rafraîchi par la pluie d'Oli et celui brûlant de désir d'Artie accentuait leur sensibilité. Ils s'abandonnèrent à cette étreinte réparatrice, ignorant la pluie ou la fatigue, les blessures et les angoisses. Cette nuit-là, Artie dormit d'un sommeil profond.

Chapitre 21

Blancs-becs

Oli n'avait pas reparlé à son frère. Il était repassé par chez lui pour récupérer quelques affaires, sa mère n'avait pas posé de question : elle devait être ravie de le voir de moins en moins. Il avait laissé un mot sur la table de la cuisine, qu'elle ne lirait probablement pas. Narcisse finirait par le trouver et l'informer de la situation.

Oli avait élu domicile temporaire chez Artie, qui avait accepté avec grand plaisir de l'héberger. Pour le jeune homme, cela signifiait plus de câlins et moins de distance. Pour Oli, c'était plutôt synonyme de dépendance, il se trouvait misérable. Il ne se plaignait cependant pas de pouvoir s'endormir dans les bras de son amant, et se réveiller devant son visage encore endormi.

Il n'avait pas cessé de harceler Sylvain. Il avait même été encore plus cruel, allant jusqu'à lui « emprunter » ses médicaments pour la tête le jour où il souffrait de migraine. Il ne savait pas jusqu'où il aurait besoin d'aller pour que l'agent immobilier fuie. S'il était comme Artie, il n'avait aucune connaissance du folklore et ne lui ferait jamais ses offrandes. Même si Oli s'amusait à le torturer, il voulait une fin à ce genre de jeu.

Il était en train d'y songer en faisant tourner dans sa main le stylo ; le dixième ; qu'il lui avait volé sur son bureau. Il allait le redéposer sur le bord de la fenêtre, juste pour voir l'incompréhension dans les yeux de Sylvain. Où était-il, d'ailleurs ? Artie n'était pas non plus dans le bureau…

Oli savait qu'il n'avait pas encore donné sa réponse quant à son poste dans la nouvelle agence. Il avait plus ou moins compris ce pour quoi il faisait traîner les choses, mais il aurait bien aimé ne plus avoir à y songer.

Il sortit pour déposer le stylo. Il avait appris à être furtif, vif, insaisissable. Il était très doué dans son domaine. Il en était persuadé. Il oublia donc facilement qu'il avait une cheville vulnérable, qui le ralentissait considérablement. Son pied glissa dans la boue sous la fenêtre, il dut se rattraper sur le rebord en bois couvert de mousse. Sa main glissa à son tour, il vit venir son heure alors qu'il se sentait partir en arrière… Son dos rencontra une surface chaude, il sentit un bras encercler sa taille. Maintenu ainsi, il reprit son équilibre. Son sauveur…

— Artie, où étais-tu passé ?

— Aucune idée. Mais je t'ai enfin attrapé. Main dans le sac.

Il voulut se retourner, le bras qui le tenait resserra sa prise.

— Oleander… Le stagiaire désagréable. Je savais que ça ne pouvait être que toi.

— Monsieur Brunet.

— Lui-même. Mais tu peux m'appeler Sylvain, après tout tu as déjà tellement farfouillé dans mes affaires… Je pense qu'on peut se considérer comme proches. Intimes, même.

Oli ne pouvait pas se retourner, cependant à l'intonation de sa voix, il savait qu'il souriait. Il se sentait en danger. Il chercha à se dégager de son emprise, et, dans son mouvement, il fit tomber son téléphone portable. L'écran s'alluma, timing parfait, sur un appel d'Artie.

— Ton petit copain cherche à te joindre... Il est au courant de qui tu es vraiment ?

— Pardon ? hoqueta Oli, la surprise ayant fait tomber son masque.

Que savait-il ? Oli réussit enfin à le faire lâcher prise, il le repoussa vivement et ramassa son téléphone en hâte. L'appel était terminé. Sylvain lui adressa un rictus satisfait.

— Tu devras le rappeler plus tard. Je n'en ai pas fini avec toi.

— Je n'ai plus rien à dire, pourtant.

— Commençons par parler du stylo que tu as dans la main.

— Je l'ai trouvé par terre. J'allais le poser sur le bord de la fenêtre pour que le propriétaire le retrouve.

— Menteur, en plus d'être un voleur. Décidément, les fées sont des créatures bien malhonnêtes, dans cette région. On est loin de la marraine de Cendrillon.

Oli en perdit ses mots. La réponse qu'il préparait vint se loger tout au fond de sa gorge, l'empêchant presque de respirer. Comment était-ce possible ? Pourquoi, s'il savait qui il était, n'était-il pas effrayé ? Oli était figé, droit comme un piquet. Son instinct de survie le pressait à fuir, son corps refusait d'esquisser le moindre mouvement. Comme les lapins lorsqu'ils savent qu'ils ont été vus, il espérait peut-être se rendre invisible en ne bougeant plus. Il n'évita donc pas la main qui vint se poser sur sa joue, caressant du bout du pouce la peau devant son oreille.

— Regarde-moi ça, une vraie biche apeurée, c'est mignon.

— Laisse-moi partir.

Oli s'était voulu ferme, Sylvain le prit comme une supplication. Il se mit à rire en posant son autre main sur son épaule, se rapprochant jusqu'à pouvoir chuchoter dans son cou :

— Te laisser partir ? Non, je ne veux pas faire ça, petite fée. Tu t'amusais tout seul, maintenant c'est mon tour.

— Comment le sais-tu ? se risqua à demander Oli.

— Didier est très fier de sa région… Et de ses légendes. Il y croit dur comme fer. J'avoue que je suis moins convaincu, cependant…

Oli déglutit, son corps se décida enfin à bouger. Il fit quelques pas en arrière, s'efforçant d'atténuer les tremblements de ses genoux. Ils étaient derrière le bâtiment, là où personne n'allait jamais. Il n'y avait donc aucune chance qu'Artie passe par là. Aucune chance…

Parfois, la chance était quand même de son côté. Artie avait dit une fois que les fées portaient bonheur, dans d'autres légendes. Oli allait commencer à y croire lui-même. Son petit ami était là, juste au coin du bâtiment, ses grands yeux chocolat rivés sur la main encore en suspens de Sylvain, à quelques centimètres de la joue d'Oli.

— Qu'est-ce qu'il se passe ? Oli ?

La fée espérait que son expression traduisait fidèlement son affolement. Artie marcha vers eux, ce qui força Sylvain à reprendre ses mains.

— Monsieur Ortie.

— Monsieur Brunet, bonjour. Oli ?

— Artie…

S'il avait pu lui tomber dans les bras, Oli l'aurait fait. Il sentait le peu de courage qui lui restait s'évaporer avec la présence d'Artie. Ce dernier s'autorisa simplement à poser sa main sur son épaule, se plaçant par réflexe entre lui et Sylvain.

— Est-ce qu'il y a un problème ?

— Aucun problème, au contraire. Je crois que je commence à me plaire ici.

Sylvain ouvrit la paume, un sourire commercial déformait ses lèvres.

— Oleander, je te remercie d'avoir retrouvé mon stylo. Je te revaudrai ça, promis.

Oli le lui rendit en frissonnant, conscient qu'il s'agissait d'une menace. Artie attendit que leur collègue disparaisse pour se retourner, le sourcil haut :

— Tu peux m'expliquer ce qui se passe ?

— Rien, il est juste arrivé au mauvais moment.

— Ta cheville, ça va ? Tu as de la boue sur la jambe.

— J'ai glissé. Il m'a rattrapé.

— Je vois… Et sa main sur ta joue, c'était pour quo… Ouah, Oli, attends !

La fée s'était jetée dans ses bras. Il le réceptionna tant bien que mal, sa jalousie envolée. Oli sentit ses jambes devenir coton, il lui céda tout son poids en encerclant son cou.

— Qu'est-ce qu'il t'a fait ? Il t'a fait quelque chose ? Tu es blessé ?!

— Artie… Il sait qui je suis.

— Il sait ?

— Oui. Il sait que je suis une fée.

Ils étaient assis sur le sol au milieu du salon depuis une bonne demi-heure. Finir la journée au travail avait été éprouvant, autant pour Oli que pour Artie qui ne saisissait pas bien la situation. Il savait que c'était mauvais signe, que l'identité d'Oli devait rester secrète à tout prix. En revanche, il ne savait pas comment l'aider sur ce coup-là.

Oli n'avait pas encore parlé de ce qu'il s'était passé dans l'après-midi. Artie ne pouvait s'empêcher de revoir la main de Sylvain prête à se poser sur sa joue, ou imaginer ses bras autour d'Oli qui venait de trébucher… Il savait que sa jalousie n'avait rien de logique, ne faisait aucun sens et, surtout, n'aidait en rien à améliorer la situation. Mais il restait jaloux. Il s'en voulait pour ça aussi.

— Je devrais en parler à mon frère.

Oli avait beau prononcer ces mots sans expression, Artie savait qu'ils lui brûlaient la gorge. Il ne voulait pas revenir le premier vers Narcisse. Oli était rancunier, et fier.

— Peut-être… Mais on ne devrait pas d'abord retourner voir monsieur Brunet ? Discuter avec lui ?

— Je ne veux pas discuter avec ce… ce connard.

— Oli… Tu ne m'as pas tout dit, n'est-ce pas ?

— Si, je t'ai dit le principal.

— Okay.

Artie se leva. Il avait les fesses engourdies, c'est ce qu'il utilisa comme excuse. En réalité, il avait surtout les yeux qui piquaient. Il ne voulait pas pleurer devant lui. Il ne voulait pas pleurer tout court. Il débarrassa le plan de travail pour pouvoir préparer le dîner. Oli n'avait pas bougé.

— Oli ?

— Oui ?

— Monsieur Brunet a parlé des fées, mais du coup, il sait pour les offrandes ?

— Je ne sais pas. Il ne l'a pas mentionné. Je crois qu'au fond, il a du mal à y croire. Il n'est pas du coin.

— Et tu ne penses pas qu'il faudrait lui demander ? Investiguer la chose plus profondément avant de paniquer ?

— Et que veux-tu que je fasse ? Que j'aille me planter devant son bureau avec un grand sourire et que je commence à lui déballer toute la vie des fées pour l'instruire ?

Artie se renfrogna, vexé de sa réaction. Il voulait simplement l'aider, lui ! Il finit de remplir leurs assiettes en silence. Même si les lasagnes aux poireaux étaient excellentes, le repas ne fut pas très réconfortant. Les deux jeunes hommes ne se parlaient pas, les fourchettes qui crissaient contre la porcelaine des assiettes faisaient la conversation.

Ils allèrent se coucher toujours dans le silence. Oli resta assis sur son coin du clic-clac. Il avait fermé les paupières, cependant, Artie devinait au mouvement de ses épaules qu'il ne dormait pas. Il… hyperventilait ?! Artie se redressa et posa ses deux mains sur ses genoux.

— Oli, ouvre les yeux. Ça va aller, ça va aller.

Il ne savait pas comment gérer les crises de panique. Il ne voulait pas le brusquer, sauf qu'il ne voulait pas non plus le laisser dans cet état. Il allait finir par paniquer à son tour. Oli se pencha en avant, les yeux toujours fermement clos. Il serra le poing contre la couette, la main d'Artie vint le recouvrir.

— Je dois appeler quelqu'un ? Oli, respire, tout va bien. Je suis là, tout va bien.

En plongeant dans ses souvenirs, Artie se souvint d'une vieille formation aux premiers secours qu'il avait suivie au collège. Il se mit à compter des temps d'inspirations et d'expirations avec Oli, lui tapotant sur la main pour lui donner un rythme. Finalement, cette technique eut de l'effet. Oli respira plus normalement, son rythme cardiaque se stabilisa. Il garda la tête baissée, probablement honteux.

— Voilà, ça va, je suis là. On est en sécurité, tout va bien. Je reste avec toi, tout va bien.

En constatant qu'il se sentait mieux, Artie le prit contre lui plus franchement. Il avait eu peur, en plus de s'être senti coupable d'avoir boudé jusque-là.

— Artie… Je sais que c'est stupide… commença Oli.

— Non, ce n'est pas stupide.

— Tu ne sais même pas ce que je vais dire.

— Je sais que ce n'est pas stupide. C'est jamais stupide, si ça t'importe. Dis-moi.

Oli nicha le bout de son nez dans son cou, il inspira une bouffée de son parfum sucré. Artie eut un petit gloussement en sentant son souffle le chatouiller.

— J'ai vraiment peur. Je ne sais pas ce que Sylvain compte faire, jusqu'où il compte aller… Ce qu'il sait. Ça me fait peur.

— Je sais… Je serai là. C'est pas un blanc-bec de la ville qui va me faire peur ! s'exclama Artie fièrement en fronçant comiquement les sourcils.

— Artie… Tu es un blanc-bec de la ville.

— Justement, on se comprend ! Et je vais faire en sorte de lui montrer que nous, les blancs-becs, nous ne faisons pas le poids contre les jolies fées de la forêt !

Chapitre 22

Coffee break

Oli était épuisé. Il avait passé la journée à éviter Sylvain, qui, de son côté, cherchait absolument à le croiser. Il savait bien qu'il aurait dû lui faire face, mais il ne pouvait s'y résoudre. Artie avait été réquisitionné par Didier pour une formation sur les négociations entre les différents acteurs d'une vente immobilière. Une formation qu'Artie avait attendue avec impatience, et dont Oli avait bénéficié il y avait déjà quelques mois. Encore une injustice…

Il était content pour lui, mais il aurait préféré l'avoir avec lui dans le bureau. Il ne pouvait pas fuir indéfiniment. Il se leva de sa chaise pour aller chercher une boisson chaude à la machine dans le couloir. Il commanda son chocolat chaud habituel, et sortit son portefeuille pour régler le montant affiché sur l'écran…

Une main passa devant la sienne et inséra deux pièces dans la machine.

— Un chocolat chaud ? Pour une personne amère comme toi ?

Sylvain le regardait malicieusement. Il secoua son porte-monnaie devant lui, attendant sans doute un remerciement qu'Oli ne comptait pas lui offrir.

— J'aime cette boisson. Je ne juge pas tes goûts vestimentaires, donc abstiens-toi de juger mes goûts aussi.

— Mes goûts vestimentaires sont très bien. Mieux que de porter une chemise dix fois trop grande. Qu'est-ce que tu caches, des ailes ? Ou une queue ?

— Je cache mon envie de voler ta cravate moche au lieu de ton stylo.

Ils se toisaient, et si Oli faisait le fier, il n'en menait en réalité pas large. Sylvain, quant à lui, souriait de toutes ses dents.

— Tu es vraiment… captivant.

Il attrapa son gobelet et le lui tendit. Oli le lui prit des mains, son index effleura le pouce de l'agent qui sourit encore plus largement. Bientôt, la commissure de ses lèvres viendrait saluer ses oreilles.

— Je vais retourner travailler, dit Oli en faisant volte-face.

— Ne pars pas si vite ! Tu ne peux pas être si impatient de retourner dans ton bureau, ton petit copain n'y est même pas. Reste discuter avec moi !

— Sans façon.

Oli se remit en route… ou essaya. Son épaule fut retenue dans un étau puissant. Il tituba, se retourna furibond…

— Oleander… Une fée, toi ? Ou juste un sale voleur ? Est-ce de la magie que tu exerces sur moi ?

— Lâche-moi. Je ne fais rien du tout.

— Impossible… Didier m'a bien dit que la créature qui volait mes affaires devait être une fée, et il n'y avait que l'étrange Oleander pour en être une ici… Peut-être que les fées existent alors ? Qu'en penses-tu, je devrais me mettre aux contes de fées avant de dormir ?

Sueur froide. Frisson de dégoût. Oli était assailli par diverses sensations toutes plus désagréables les unes que les autres. Il repoussa sa main, réajustant sa chemise en l'époussetant discrètement. Qu'est-ce qu'il lui voulait ? Pourquoi diable Didier lui avait-il parlé des légendes ?

— Ne prends pas peur, petite fée. Je veux juste m'amuser.

— T'amuser ? Ne t'es-tu pas assez amusé en sautant dans mon cercle de champignons ?

— Ce cercle de champignons… C'est vrai, je n'avais jamais autant dansé un matin de boulot. Tu devrais m'accompagner lors de soirées, je te ferai valser comme jamais.

— Je préfère me casser les deux chevilles. Méfie-toi, les fées sont rancunières. Tu as marché dans mon cercle, et je n'ai pas fini de t'en faire payer le prix.

— Et comment puis-je me débarrasser de ton courroux ?

Oli feignit l'ignorance, bon acteur. Sur le coup il avait eu à retenir un air triomphant et un sourcil qui voulait se hausser. Alors, comme ça, Sylvain ne savait pas comment se débarrasser de lui ? Il allait pouvoir en jouer. Il afficha son masque le plus cruel, celui qu'il avait peint sur son visage lorsqu'il avait vu Artie pour la première fois, celui qui mettait en valeur ses yeux sombres et son visage presque inhumain. Une beauté glaciale, ténébreuse. Il voulait incarner le danger.

— On ne se débarrasse pas de la colère d'une fée. Je vais te hanter jusqu'à ce que tu ne puisses plus le supporter. Tu as signé ta fin en écrasant mes amanites.

Sylvain se figea, visiblement troublé par cette remarque. Oli tourna les talons, satisfait de son petit effet. Il le fut moins en entendant malgré tout une réponse, certes tremblotante mais bien audible :

— Je suis impatient de te voir me poursuivre, alors.

Tout à leur petit conflit, aucun des deux ne remarqua la silhouette d'Artie qui les observait de loin, les lèvres pincées.

L'hiver était définitivement parti. Les fleurs avaient remplacé le givre dans les clairières, les oiseaux faisaient des matins de grands concerts. Ha, le printemps… La saison des amours. Artie était aigri. Il n'avait pas parlé à Oli de ce dont il avait été témoin dans le couloir, il ne voulait pas remettre de l'eau dans le gaz. Malgré son envie de ne pas faire de vague, il n'arrivait pas à passer à autre chose. Il savait qu'il aurait dû lui faire confiance, que la situation était bien plus complexe qu'il ne le comprenait… Il ne supportait pas l'idée qu'Oli puisse être à ce point obsédé par un autre.

Il avait voulu le mentionner, sur le chemin vers sa maison… Et avait été coupé dans son élan par l'intervention de Sylvain qui avait voulu « remercier encore une fois Oli pour son stylo ». Il l'avait remercié en lui effleurant le dos de la main, et Artie avait vu rouge. Il avait à peine conversé avec son amant sur le retour, concentré pour ne pas sortir de ses gonds. Oli avait rapidement compris que quelque chose n'allait pas.

— Tu as passé une mauvaise journée ?

— Pas pire que d'habitude. La formation était intéressante. Didier l'était un peu moins.

— Ha, tu as eu droit à toute l'histoire de son divorce ? ricana Oli.

— Et de sa nouvelle relation.

— Je compatis.

La conversation s'arrêta là. Artie se promit de lui en parler dans la soirée, une fois qu'ils seraient rentrés. Cela ne se déroula pas comme prévu. Devant la porte d'entrée, Oli prit sa nuque et l'embrassa tendrement. Pas mécontent de ce chamboulement de plan, Artie commença à se dire que la discussion pouvait bien attendre une heure supplémentaire. Il voulut approfondir leur baiser… Oli s'éloigna, le regard fuyant.

— Je pense que je vais aller voir mon frère ce soir… Je dois lui parler de la situation.

— Oh… D'accord.

— Je vais probablement dormir chez moi. Ne m'attends pas.

— Entendu.

Oli se détourna, incertain. Artie ne parvenait pas à le duper. Il lui souhaita une bonne nuit, puis disparut dans la forêt. Artie se battit avec la serrure pour ouvrir la porte d'entrée. Il était frustré. Il se changea après avoir mis au four un gratin de légumes surgelés. Il comptait passer la soirée sur le canapé, devant un film.

Lorsqu'il s'installa sous son plaid, prêt à appuyer sur la télécommande, il reçut une notification sur son téléphone. Il l'ouvrit vivement, avec espoir qu'il s'agissait d'Oli qui l'informait de son retour imminent ; Artie ne voulait pas rester seul ce soir, dans son cottage mal isolé. La notification n'était pas de lui… Mais c'était presque aussi réconfortant. Charlotte prenait de ses nouvelles. Artie se sentit un très mauvais ami : il avait à peine répondu aux précédents messages de sa meilleure amie depuis la dernière fois qu'ils s'étaient vus. Il composa son numéro, presque honteusement.

— Allô ?

— Hello, Charlotte, c'est le pire meilleur ami de cette planète.

— Tu vas devoir te faire pardonner. J'attendais tes réponses avec impatience, moi.

— Et avec rage, j'en suis sûr.

— Que s'est-il passé ? Tu étais trop occupé à voler vers le parfait amour avec ton beau campagnard ?

— J'aurais préféré...

— Ouh là, qu'est-ce que tu as fait encore…

— Hey !

Artie fit mine de se vexer. Il soupira théâtralement dans le micro, réclamant ainsi un peu d'empathie. Il voulait pouvoir se confier à son amie, mais il ne pouvait pas tout lui dire.

— Disons que nous avons plus de mal à communiquer depuis quelques jours… J'essaie de lui parler, mais il est super occupé, et ses priorités sont différentes.

— Ce n'est pas très bon signe. Il t'ignore ?

— Non ! Non, il est toujours là pour moi. Il a des soucis euh… familiaux, entre autres.

— Et tu te sens inutile ?

Charlotte le connaissait bien. Elle savait qu'il détestait être incapable d'aider les autres, particulièrement ses amis, sa famille… Et actuellement son amoureux. Elle imita son soupir précédent, lui arrachant un petit rire.

— Tu ne peux pas toujours réparer des choses qui ne te concernent même pas. Je pense que le fait que tu sois là pour le soutenir suffit amplement.

— Mmh… Je suppose. Merci. Et toi, comment ça va au boulot ?

Elle lui raconta les derniers commérages de ses collègues, les quelques articles très bien reçus qu'elle avait rédigés, et une proposition de poste permanent dans son entreprise. Elle angoissait à l'idée de devoir encore faire ses preuves, mais était ravie de savoir qu'elle avait un endroit où aller à la fin de l'année. Elle parla toute seule, monologue forcé qui n'était interrompu que par quelques onomatopées de la part de son interlocuteur. Au bout d'un moment, elle n'y tint plus :

— Il y a autre chose, pas vrai ?

— Hein ? Non, ça va.

— Albert Ortie, tu ne peux pas me mentir. Je te connais presque comme si j'étais ta mère.

— Heureusement que ma mère cuisine mieux que toi.

— Ne change pas de sujet !

Il devait s'y résoudre, Charlotte ne se laisserait pas divertir. Quand elle avait une idée en tête, personne ne pouvait la distraire. Il chercha ses mots… Puis décida de tout déblatérer sans réfléchir, choisissant la facilité.

— Y a ce nouveau gars-là, Sylvain, qui est arrivé, et il arrête pas de courir après Oli, et il lui touche la main, il lui fait des petites déclarations, il lui offre le café… Et Oli ne dit rien, donc je ne sais pas ce qu'il en pense, et il est obligé de quand même lui tourner autour parce que ce débile a marché dans son cercle de champis, et il doit le harceler pour les offrandes, mais Sylvain sait pas que les offrandes existent, donc il le prend comme une blague de la part d'Oli, et…

— Attends, deux secondes, Albert, y a un truc que j'ai pas compris. Un cercle de champignons ? Pourquoi il harcèle le nouveau ? C'est une forme de bizutage ?

Artie se mordit si fort la joue qu'un goût de sang se mêla à celui du gratin. Mais quel idiot ! Il ne savait pas comment rattraper son erreur, sur ce coup-là. Il se mit à balbutier :

— Ouais, euh non, c'est un peu ça, enfin…

— Albert… Est-ce qu'Oleander est une mauvaise personne ? demande doucement son amie.

— Quoi ? Mais non !

— Tu me dis qu'il harcèle des gens, et leur réclame des trucs… Il faisait pareil avec toi au début, non ? Est-ce qu'il te force à l'écouter ? Tu dois en parler, ce n'est pas normal de…

— Arrête ! Il n'a pas le choix ! Tu es complètement à côté de la plaque ! le défendit Artie, en panique.

— Je me fais du souci ! Je sais que tu l'aimes bien, mais tu ne peux pas pardonner ses actes… S'il exerce une quelconque emprise sur toi, tu ne dois pas te laisser malmener sous prétexte que…

— Tu te trompes, c'est tout.

Artie fulminait. Il avait le souffle court et le cœur douloureux. Non, Oli n'était pas une mauvaise personne. Il était né d'une race différente, et devait se plier aux règles de sa propre nature. S'il était quelque chose, c'était bien la victime, dans cette histoire. Il était en colère que l'on puisse penser cela de lui. Oli était un être pur, parfois aigri par des années d'injustice et de combat pour sa survie, pour sa place dans une société pleine d'humains… Et une autre pleine de fées qui refusaient d'accepter son handicap. Il inspira profondément : Charlotte ne pouvait pas savoir.

— Je vais devoir te laisser, je suis claqué. On reparle bientôt, okay? Tu me manques.

— Ça marche, repose-toi bien. Tu me manques aussi.

Ce coup de téléphone, qu'Artie espérait plus réconfortant, avait renoué son estomac déjà tordu par l'amertume. Il se blottit dans son plaid, en boule sur le coin du sofa, et ferma les yeux. Le film attendait encore d'être lancé sur l'écran quand il s'endormit, quelques larmes séchées marquant un sillon triste sur ses joues rosées.

Fairy Ring!

Chapitre 23

Famille

Il ne faisait pas nuit. Oli ne comprenait donc pas les volets fermés de l'atelier de son frère. S'il avait été absent, les lumières auraient été éteintes, or il pouvait distinctement voir danser la flamme d'une bougie derrière la vitre de la porte d'entrée. Il n'avait jamais eu à revenir vers son frère après une dispute ; pas après tant de temps à l'éviter. Il était conscient de ses torts dans le conflit avec Narcisse, ce qui rendait plus difficile encore la prise de contact. Il toqua timidement au battant de bois peint. Un cliquetis métallique répondit, ce n'était pas une invitation à entrer. Oli entrouvrit néanmoins la porte après quelques minutes de patience.

— Narcisse ?

— Attends un instant.

Il s'immobilisa derrière la porte. Son frère semblait penché sur un ouvrage important. Il examina son dos courbé, curieux de ce qu'il pouvait bien être en train de faire. En temps normal, il lui aurait demandé. Ces jours-ci, il ne savait même pas comment lui parler. Alors, il attendit. Il attendit jusqu'à ce que les volets s'ouvrent, et que la lumière du crépuscule vienne briller sur les ailes parfaitement proportionnées de son grand frère. Il déglutit pour ravaler une réflexion envieuse. Narcisse avait déposé un torchon rouge vif sur son établi, à l'endroit où il travaillait quelques minutes auparavant.

— Tu peux entrer, maintenant.

Oli s'aventura dans la pièce en traînant des pieds. Narcisse lui souriait avec bienveillance ; il était toujours ainsi.

— Tu peux t'asseoir, je vais faire chauffer de l'eau pour un thé. Je peux y mettre le sirop de pissenlit.

— Oh… Oui, merci.

Il se flagella mentalement en se rappelant les pots qu'il avait brisés dans sa fuite, la dernière fois. Son frère avait dû refaire du sirop, et nettoyer le bazar. Il toussota, mal à l'aise.

— Narcisse…

— Mmh ?

— Tu n'es pas fâché ?

— Pour ?

Oli se redressa sur la chaise en paille. Il voulait se tenir bien droit, se donner du courage.

— Pour mon attitude détestable la dernière fois. Je ne voulais pas casser les pots, je ne voulais pas crier non plus. Je ne sais pas ce qui m'a pris.

— Moi, je le sais, ce qui t'a pris. Qui t'a pris. Je ne suis pas en colère. J'aurais dû te laisser m'expliquer.

— Est-ce que maintenant, je peux t'expliquer, alors ?

— Je pense que j'ai déjà compris. Je ne me prononcerai plus sur ta relation avec l'humain, tu es assez grand pour mesurer les conséquences de tes actes. Artie ne semble pas être une mauvaise personne. Depuis que tu le fréquentes, tu es… Différent.

— C'est une mauvaise chose ?

— Pas si tu es heureux.

Oli le remercia d'un hochement de tête. Ses épaules se détendirent, et il accepta la tasse de thé avec un grand sourire. Le sirop était doux, le thé parfumé, son âme en fut apaisée. Il écouta Narcisse lui faire part des dernières nouvelles de leur entourage ; entourage qu'Oli ne fréquentait que très peu. Les autres fées ne le laissaient pas participer à leurs rencontres. Une fête pour le printemps avait eu lieu, Narcisse lui raconta en gloussant qu'une fée était tombée durant la danse de minuit et qu'elle avait écrasé le champignon d'un cercle, ce qui avait fait naître une nouvelle rivalité entre les deux familles.

Enfant, Oli participait encore à ces rassemblements. Il dansait, jouait avec les autres fées, buvait l'eau de fleurs et dévorait les gâteaux de miel… À l'adolescence, les fées avaient compris que son aile ne grandirait plus.

Pendant que les autres enfants apprenaient à voler, lui devait les regarder d'en bas. Il avait commencé à créer ses propres prothèses à ce moment-là, déjà gêné par sa main manquante, mais surtout pour prouver qu'il avait de la valeur, du talent. Les fées n'y avaient pas vu quelque chose d'admirable. Oli avait été mis à l'écart du jour au lendemain. Et lorsqu'il pleurait derrière les souches de sa solitude, la seule personne qui venait le trouver pour le goûter était Narcisse.

Il pouvait lui faire confiance. Il finit sa boisson d'une traite, et lâcha la tasse sur la table pour signaler le début d'une conversation plus sérieuse :

— Je dois te parler de quelque chose. Tu dois promettre que tu ne vas pas te fâcher cette fois.

— Je dois être inquiet ?

— Sans doute.

Oli lui raconta ses inquiétudes par rapport à Sylvain, qui il était et ce qu'il avait découvert. Il décrivit brièvement sa « chute », ne souhaitant pas s'épancher sur ce moment honteux de son existence... Narcisse l'interrompit quand même pour demander à voir la plaie. Oli s'installa sur la table d'examen pour continuer son histoire, tandis que son frère découvrait la cicatrice pour un examen minutieux. Il rejoua les discussions avec Sylvain, ses sous-entendus… Et pour finir, il lui parla de son plan. Le plan qui pourrait tout changer.

— Il ne sait pas pour les offrandes.

— Est-ce que tu lui as dit ? Tu pourrais te débarrasser de lui.

— Ça ne suffira pas. Déjà, je ne sais pas trop pourquoi mais il a décidé de me coller aux fesses. Ensuite, je ne veux pas juste me débarrasser de sa redevance… Je veux qu'il s'en aille. Qu'il abandonne son projet.

— Et comment comptes-tu t'y prendre ? Il ne semble pas décidé à partir… s'inquiéta Narcisse sans se départir de son calme.

Oli y avait beaucoup pensé. Il comptait lui demander compensation en le faisant abandonner son projet. Il devait quitter la région, et ne plus y remettre les pieds.

C'était une solution bancale, mais c'était la seule qu'il avait trouvée. Narcisse acquiesça sans y croire. Cela semblait un peu trop facile. Le médecin était pragmatique, il n'allait pas paniquer à une telle annonce. Oli savait pourtant qu'il planifiait dans sa tête tout un tas de solutions pour protéger son peuple : leur construire des maisons ? Leur apprendre à travailler auprès des humains ? Faire peur aux ouvriers sur les chantiers ? Narcisse était un inventeur, il en avait des idées. Il le remit en garde, lui intimant de faire attention lorsqu'il s'adressait aux humains, et de ne pas se mettre dans une situation dangereuse. Oli contra en affirmant qu'Artie serait avec lui pour toute nouvelle interaction avec l'agent. Narcisse fronça le nez, retenant probablement une réflexion. Au lieu de critiquer Artie, il critiqua la cicatrice.

— C'est trop tard pour rattraper ça. Tu vas avoir une marque à vie. Essaie de mettre ce baume à l'hibiscus, ça devrait aider un peu. Il y a du miel dedans, aussi.

— Je vais faire ça.

— Tu aurais dû revenir me voir directement… J'aurais pu recoudre ça. Tu aurais pu recoudre ça. On nous a appris à le faire, Oleander.

— Je… Je ne voulais pas recoudre.

Il savait que la raison était ridicule. Sur l'instant, il avait envie de voir la plaie, pour accentuer son sentiment de culpabilité, et se donner une leçon. Cette cicatrice lui rappellerait la promesse qu'il s'était faite à lui-même de ne plus jamais crier de colère. Artie avait fait de son mieux pour le soigner ce soir-là, sans poser de question. Il en garderait donc aussi une trace d'amour sincère. Il remit ses chaussures et revint vers la table, où Narcisse avait déjà posé un plateau de pain et de fromage. Ils mangèrent en papotant, comme à l'époque. Pour la première fois depuis de longs mois, Oli se sentit apaisé… et fée.

Quand Artie arriva à l'agence, la première personne qu'il eut la chance de croiser fut Sylvain Brunet. Il tenta bien de l'éviter en contournant le bâtiment, mais l'agent était plus observateur que ce qu'il pensait et il le rattrapa, tout sourire.

— Monsieur Ortie ! Albert, c'est bien ça ? Vous ne m'avez toujours pas donné de réponse concernant notre offre.

— Bonjour. Tu peux me tutoyer, nous travaillons ensemble actuellement.

— Bien sûr, bien sûr… Alors, Albert, il y a quelque chose qui te fait hésiter ?

— Eh bien…

Sylvain attendait sa réponse dans une pause comique, les paumes vers le ciel et les sourcils haussés. Il surjouait. Artie serra les dents, son sang se mit à bouillir dans ses veines. Il allait répondre, s'interrompit en voyant Oli s'avancer vers eux, l'air beaucoup plus détendu que lorsqu'il était parti retrouver Narcisse.

— Artie ! Je te cherchais.

— Bonjour, Oleander.

— Ha, Sylvain.

Il lui accorda un bref hochement de tête en guise de salut. Artie fit une moue approbatrice en se déplaçant à son côté. Il lui effleura la main, articulant un « je t'aime » silencieux qui fut reçu par un baiser dans le vent. Sylvain s'esclaffa, son masque tomba :

— Contents de se retrouver, les tourtereaux ?

— Je crois que ça ne te concerne pas, cracha Oli.

— Est-ce qu'il est la raison pour laquelle tu ne veux pas travailler avec nous, Albert ? Il t'a ensorcelé aussi ?

— J'ai d'autres projets. Je ne peux pas accepter votre proposition… J'allais vous en faire part dans une lettre manuscrite, l'informa finalement Artie, après des semaines d'attente.

— Dommage, très dommage… Je suppose que je ne peux pas te faire changer d'avis. Tu regretteras peut-être, lorsque nous aurons pris le monopole de l'immobilier de la région. Tu vas bien devoir retourner pleurer dans les jupes de ta maman. Il faudra dire adieu à ton petit amoureux, je suppose ? Mais ne t'inquiète pas, je serai dans le coin, je prendrai bien soin de lu…

Un poing avait traversé l'air. Artie comprit un peu tard qu'il s'agissait du sien. Il n'avait pas pu contrôler un accès de rage, et son corps avait agi par automatisme. Sylvain avait été projeté au sol, n'ayant pas eu le temps de parer l'attaque. Il porta ses doigts tremblants à sa joue, et leva des yeux fous vers le couple :

— Ça, tu vas me le payer. Dis adieu à ton travail.

Oli fit un pas en avant, de façon à surplomber Sylvain qui était encore assis sur le sol humide de rosée.

— Je n'en serais pas si sûr. Et si le pauvre stagiaire handicapé venait à divulguer la rumeur que le nouvel agent le harcèle dès qu'il en a l'occasion ? Qui croira-t-on ?

— Et s'ils apprenaient que tu étais une fée ? se moqua l'agent, sans y croire.

Artie ouvrit de grands yeux. Oli s'accroupit lentement, gracieusement. Il releva le menton de Sylvain du bout de l'index, conscient de l'emprise qu'il avait en cet instant sur lui. Hypnotisé… Ensorcelé. Il avait un fantôme de moquerie dans la voix lorsqu'il répondit :

— Ils subiraient le même sort que toi. Ils seraient redevables à vie, hantés à vie. Ils ne pourraient plus boire, manger ou dormir jusqu'à ce que justice soit faite. Ne joue pas trop avec le feu, Sylvain. J'ai toléré tes actes jusque-là parce que nous sommes au travail. Je ne serai plus si conciliant.

— Désolée, mais je ne suis même pas encore convaincu de ton existence.

— Grand bien te fasse. Cela ne me fera pas disparaître pour autant. Prépare-toi.

Oli se releva souplement, attrapa la main d'Artie, et quitta la cour à une allure tranquille, indifférent. Artie attendit qu'ils soient entrés dans le bâtiment pour serrer sa main, l'entrainant à sa suite jusqu'à leur bureau. Les stores étaient encore fermés. La porte le fut rapidement.

— Artie, qu'est-ce que tu fais ?

Il posa une main sur le torse d'Oli, le poussant prudemment mais fermement jusqu'au mur libre à côté du cadre de porte. Sa main glissa jusqu'à sa taille en une caresse fiévreuse. Oli avala sa salive, les pupilles plantées dans celles d'Artie. Il approcha ses lèvres du cou couleur de miel de la fée, huma son parfum avant d'y planter les dents. Il embrassa la rougeur qu'il avait ainsi dessinée.

— Tu peux faire peur, quand tu veux, souffla Artie contre sa peau.

— Je peux faire peur ?

— Sylvain doit être terrifié. Je me demande s'il va réussir à dormir cette nuit.

Il ramena sa main sur sa poitrine, le tissu fin de la chemise ne suffisait pas à protéger la peau sensible d'Oli qui se tendit sous le contact. Il retint son souffle, le libéra en quelques mots rauques :

— Et toi ? Tu as peur ?

Artie embrassa la courbe de sa mâchoire, et la pointe de son nez chatouilla sa joue quand il migra jusqu'à ses lèvres. Il les effleura, faisant durer le plaisir ; et monter la tension.

— Moi... Je t'ai rarement trouvé aussi sexy.

Oli plaqua sa bouche contre la sienne. La saveur de la passion vint danser sur leurs langues... Ils se séparèrent à la hâte, le souffle court, en entendant toquer à la porte. Didier venait vérifier qu'ils étaient bien arrivés.

Ils durent attendre dix-huit heures pour reprendre ce qu'ils avaient commencé, enlacés devant le cottage. Oli était entreprenant, ces jours-ci, ce qui faisait tourner la tête d'Artie qui tombait de plus en plus amoureux. Les mains se glissaient sous les vêtements, les bouches prononçaient des déclarations sensuelles... Ils ouvrirent la porte entre deux baisers, impatients de s'échouer sur le canapé. Ils voulaient plus, tout de suite, sans attendre...

— Albert ?

Oli grogna de déception en libérant son amant. Ils se tournèrent vers l'extérieur, leurs mains toujours posées sur le corps de l'autre.

— Charlotte ?!

Fairy Ring!

Chapitre 24

La colère du dragon

Charlotte avait une beauté douce. Ses boucles brunes, sa peau sombre et ses yeux ronds lui donnaient un air de poupée, ses vêtements qu'elle choisissait colorés ou à motifs la faisaient ressembler à une princesse moderne. Elle avait le charme d'une personne délicate et discrète, quelqu'un de foncièrement gentil.

En cet instant, alors qu'elle était en train de faire la leçon à son meilleur ami, ce dernier se disait que tout cela était de belles apparences.

— Tu le laisses te manipuler ! Artie, il t'utilise !

— Parle moins fort, il va nous entendre. Et tu te trompes, je te l'ai déjà dit ! Tu t'es déplacée pour rien, tout va bien !

— Je n'en suis pas si sûre. Il habite ici ? Depuis quand ?

— Il a des problèmes familiaux, je t'ai dit. Je l'aide, c'est tout.

— J'ai pas l'impression que lui, il t'aide beaucoup.

— Charlotte…

Oli était sur le canapé, plongé dans un livre. Il lisait, ou faisait très bien semblant, pour les laisser discuter entre eux dans la cuisine ouverte. Les chuchotements de Charlotte prenaient du volume au fur et à mesure qu'elle exprimait son point de vue. Il allait finir par intervenir.

— Oli ne me fera pas de mal. Je te l'ai répété mille fois, tu ne veux pas me croire. Tu as vu comme moi comment il me regardait, non ?

— Oui, comme une proie facile.

— Non ! Comme un cadeau.

— Pour certains, c'est la même chose. Il est bizarre !

— Excuse-moi ?

Et voilà ce qu'Artie redoutait. Oli était debout, droit comme un piquet au milieu du salon. Il n'avait pas crié, mais l'impact de sa voix faisait le même effet. Charlotte ne se démonta pas. Elle lui cracha presque ses mots :

— Je vois clair dans ton petit jeu. Artie m'a dit que tu volais des affaires, et que tu menais la vie dure à tes collègues. Ce n'est plus une cour de récréation ici. Ton petit harcèlement de couloir ne fonctionnera plus.

— Artie a dit quoi ? demanda Oli toujours sans crier, ce qui était finalement plus angoissant.

Ça allait lui retomber dessus, en plus ! Artie se mordit la lèvre. Il attrapa des deux mains le bras d'Oli, suppliant :

— C'est pas ce que tu crois, je ne l'ai absolument pas dit ça comme ça…

— Regarde comme il a peur de toi ! Qu'est-ce que tu lui fais, hein ?! renchérit Charlotte, têtue.

— Mais rien du tout ! Artie, lâche-moi…

La situation était ridicule. Il libéra le bras d'Oli, réfléchissant au moyen de convaincre son amie. Il n'en trouva aucun. Alors, il risqua le tout pour le tout. Charlotte était une des personnes les plus précieuses de sa vie, il pouvait croire en elle. La preuve, elle était en ce moment même en train de se battre pour lui face à un jeune homme de deux fois sa taille. Il lança la bombe :

— Charlotte, tu as déjà entendu parler des fées ?

Le calme après la tempête. Ou le choc après la guerre. Oli écarquillait si fort les yeux qu'ils en étaient rouges : c'était un avertissement silencieux, qu'Artie ignora. Charlotte avait juste l'air perdue. Elle répéta, confuse :

— Les fées ? Pourquoi ?

— En fait... Assieds-toi, okay ? Je dois te parler de quelque chose, mais tu vas devoir promettre que tu vas m'écouter jusqu'au bout, et me croire. Et je promets de mon côté que ce que je vais dire est vrai.

— Tu me fais un peu peur, là...

— Assieds-toi, je te dis.

Oli lui souffla un « t'es timbré » auquel Artie répondit par un clin d'œil. La fée soupira, passa une main dans ses cheveux ondulés, puis acquiesça en fermant lentement les paupières : il trouverait un moyen de justifier tout ça auprès de son frère, tant pis. Charlotte voulait les aider, et elle était importante pour Artie. Il allait se plier à cette solution.

Artie raconta donc à son amie ce qu'il savait des fées, dans les grandes lignes. Où elles vivaient, ce qu'elles risquaient, le pouvoir des cercles de champignons et le système d'offrandes. Il mentionna aussi la situation avec Sylvain, les problèmes que ça avait soulevés… Il fut honnête quant à leur rencontre avec Oli, ne cherchant pas à cacher les actes qu'il avait commis, mais les expliquant convenablement en s'appuyant sur les obligations des fées. Il aurait apprécié quelques interventions d'Oli pour étoffer son propos… Ce dernier n'avait pipé mot, et ses yeux sombres étaient rivés sur Artie.

— Et donc, Oli n'a pas le choix de faire ce qu'il fait. C'est dans sa nature. Et puis, techniquement, ce sont les humains qui sont venus empiéter sur le territoire des fées en premier lieu… termina-t-il finalement.

— Des fées. Des vraies fées. Tu ne te fiches pas de moi, pas vrai ?

— Non.

— Je ne peux pas le croire…

Oli bougea enfin. Il leva la main, et commença à déboutonner sa chemise sans avertissement. Artie bondit devant lui. Il lui chuchota, abasourdi :

— Qu'est-ce que tu fais au juste ? Oli ?

Il le poussa sur le côté. Charlotte, bouche bée, assistait à son effeuillage sans en comprendre le sens. Oli finit de retirer le dernier bouton. Il fit glisser la chemise sur ses épaules… Et leur tourna le dos. La lumière dorée du coucher de soleil traversa le vitrail de son aile, diffusant ses couleurs sur le parquet ancien. Charlotte ouvrit la bouche, le son qu'elle voulut générer ne sortit pas. Elle admirait l'aile colorée qui battait furtivement contre le dos d'Oli.

Soudain, il sembla prendre conscience qu'il était à demi nu, et chercha sa chemise du regard. Artie la ramassa et la lui tendit. Il l'aida à la passer sur ses épaules, pendant que Charlotte se claquait les joues pour revenir à la réalité.

— Tu as vraiment des ailes, comme dans les contes.

— Une aile... Mais oui. Ce qu'Artie a dit est vrai. Je sais que c'est difficile à croire…

— C'est impossible à croire !

Artie comprenait l'état dans lequel elle se trouvait. Il se souvint de la première fois qu'il avait vu les ailes d'Oli. Il avait réagi étrangement normalement, il n'était pas resté longtemps dans le déni. Sans aucun doute, ses sentiments avaient effacé son scepticisme.

Il prépara un chocolat chaud pour son amie, qui discutait désormais avec Oli pour mieux comprendre. La fée lui répondait calmement, résignée. Artie se promit de se faire pardonner pour avoir dévoilé son secret. Il les rejoignit sur le canapé avec les boissons. Charlotte semblait avoir repris contenance. Elle était en train de réfléchir à la situation des fées.

— Donc, il faut éviter à tout prix que les immeubles soient construits.

— Les immeubles, ou d'autres habitations qui détruiraient la forêt.

— Notre article n'avait pas fonctionné… Les gens préfèrent leur confort à l'écologie. Le charme de la campagne ne suffit pas à les faire sacrifier leurs vies modernes.

— En effet. J'ai pensé à faire fuir Sylvain en lui faisant peur, mais c'est une solution à court terme…

— Mmh…

Elle but une gorgée de chocolat chaud, son front plissé d'une ride de réflexion. Oli allait à son tour prendre sa tasse… Il manqua de la renverser quand Charlotte s'exclama, une moustache chocolatée au-dessus de sa lèvre supérieure :

— Je sais ! Pourquoi on ne combinerait pas les deux ?

Main dans la main, Artie et Oli avançaient vers la maison de Narcisse. Charlotte leur avait expliqué le plan longuement, ils avaient fini par en conclure que c'était la meilleure idée qu'ils avaient eue jusqu'à maintenant. Restait à convaincre les autres fées… Narcisse en premier lieu. Artie aurait préféré laisser Oli s'en charger, mais ce dernier avait refusé catégoriquement. Sans Artie, la discussion tournerait en rond, il en était persuadé.

Artie appréhendait une nouvelle rencontre avec le médecin. La dernière fois, bien que Narcisse ait été poli et serviable, il avait ressenti son animosité. La haine était difficile à camoufler, surtout quand elle durait depuis des décennies.

Oli entra sans frapper, à la grande surprise d'Artie. Il lui expliqua qu'à cette heure-ci, son frère était certainement occupé à ranger son atelier, et qu'il n'y aurait aucun patient. Il fut surpris de voir Narcisse bondir sur un drap immaculé, et le lancer à la hâte sur l'établi en prenant conscience de leur présence.

— Oleander ! Je ne m'attendais pas à te voir aujourd'hui.

— Bonjour, euh… Je dérange.

— Non, installe-toi.

Narcisse passa une main sur son front pour y disperser les gouttes de sueur qui le parsemaient. Il avisa Artie, marqua une pause… Une autre goutte de sueur, d'inquiétude celle-ci, ruina ses efforts pour débarrasser son front.

— Il s'est passé quelque chose ? Tu es blessé ?

— Non ? Tout va bien… Physiquement, en tout cas.

— Oh…

Narcisse fronça le nez, sembla hésiter à dire ce qu'il avait à dire, céda finalement :

— Alors pourquoi est-il ici ?

Artie fit un pas en avant, les mains jointes devant son estomac. Il aurait donné cher pour être de retour dans le cottage, à rigoler avec sa meilleure amie. Oli effleura son dos pour l'encourager.

— Bonjour, Narcisse.

Il eut en retour un vague hochement de tête. Au moins, ce n'était pas un geste de répulsion. Oli lui tira une chaise et s'installa sur une autre.

— Mon frère, j'ai une nouvelle à t'annoncer.

— Bonne ou mauvaise ?

— Ça dépend de comment tu prends la chose…

Narcisse s'installa à son tour, sur la défensive. Ce fut bref, mais Artie vit briller dans ses yeux une lueur d'accusation quand il le regarda. Il s'attendait au pire. Artie était intimidé par Narcisse, certes, mais il n'était pas du genre à se laisser marcher sur les pieds... Ou un peu, peut-être. Il commença la conversation, les épaules bien droites, et il put sentir la chaleur émanant d'Oli, bienveillante et protectrice. Il se sentit pousser des ailes ; il était presque de la famille, après tout.

— C'est quelque chose qui n'a rien à voir avec notre relation. Pas directement. Nous avons eu une idée qui pourrait sauver les fées, et prévenir de futures déforestations.

— Si je me souviens bien, la dernière idée n'a pas eu grand succès. Je pense que vous, les humains, faites souvent plus de mal que de bien, répondit poliment Narcisse, sans parvenir à cacher son amertume.

— Je sais ce que vous pensez de nous… de moi. Mais je vous promets que mes intentions sont sincères. Je veux vous aider.

— En soumettant l'un des nôtres à des émotions plus qu'humaines ?

Narcisse parlait calmement, il ne haussait pas la voix. Son expression était bienveillante, il avait un sourire délicat sur les lèvres. Il ne ressemblait pas tant à son frère, pourtant, Artie vit une similitude dans ce visage enchanteur. Il buvait ses mots, était séduit par sa tendresse… Comme il avait été séduit par la froideur mystique d'Oli.

— Je l'aime.

— L'amour a des limites, le contra Narcisse pour le tester.

— Pas le mien. Je l'aime. Je l'aime au point de souffrir de sa souffrance, et pleurer en voyant son sourire.

— Albert Ortie.

Narcisse approcha son visage du sien, au-dessus de la table. Il lui coupa le souffle.

— C'est ça, le problème. Mais j'ai décidé d'accepter les sentiments d'Oleander. En revanche, au moindre faux pas, il ne suffira pas de quelques offrandes pour te faire pardonner.

Il acquiesça. Oli prit sa main sous la table, la serra si fort qu'il lui fit mal. Lorsqu'il reprit la parole, sa voix craqua des larmes qu'ils ne versaient pas. Artie le savait : il l'aimait aussi, profondément.

— Une amie d'Artie a eu une idée… Ingénieuse. Originale ?

— Je t'écoute.

— Elle est journaliste, et…

— C'est elle qui a écrit l'article, se souvint Narcisse.

— Exact. Elle en prévoit un autre. Puisque présenter les maisons de campagne de façon bucolique n'avait pas fonctionné, elle a envisagé de présenter la région comme étant… riche en légendes.

— Je ne suis pas certain de comprendre. Elle veut utiliser les légendes pour empêcher les constructions ?

— Ça fait sens, je t'assure ! Attends…

Oli lui expliqua tout le plan, prenant soin de choisir les bons mots. Charlotte voulait parler des légendes, des fées et des farfadets. Elle voulait les lier au tourisme, et rendre la région féérique, au sens humain du terme. En parlant des fées comme d'un folklore ancré, entre légende et réalité, elle comptait pousser les gens à chercher à le découvrir... Les touristes aiment l'idée d'être plongés dans un autre monde, d'y être emportés. Ce serait impossible avec des gros immeubles qui détruisent le territoire des légendes. La région exploiterait ses légendes pour attirer du monde. Cette solution pouvait lutter contre les nouvelles constructions, et préserver le territoire des fées...

Le revers de la médaille, c'était l'affluence de touristes, qui traîneraient dans les bois et marcheraient probablement dans les cercles. Et, évidemment, le fait de dévoiler l'existence des fées, même sous forme d'histoire fictive, dans un journal.

— Donc, si je comprends bien cette fois, on utiliserait la curiosité mal placée des humains pour se protéger ?

— Je sais que l'idée paraît dangereuse... Mais les habitants du coin savent depuis des années que les fées sont quelque part. Et ils nous craignent plus qu'ils ne nous recherchent. Nous pouvons jouer là-dessus.

— Notre tranquillité va en pâtir, argumenta Narcisse.

— Oui… Charlotte a dit qu'elle inclurait un maximum de règles spécifiques dans la « légende », pour tenter au mieux de définir un cadre à respecter. Artie dit que les humains qui seront intéressés par ce genre de légendes seront pour la plupart des gens qui voudront suivre les règles, dans l'espoir de nous voir.

— Et ces règles, d'où sortiront-elles ?

— Elles seront fausses, pour certaines. Un petit mensonge pour une belle cause.

— Nous ne mentons pas.

— Nous, non. Mais Charlotte… C'est une humaine qui a appris à utiliser les mots de façon à capter l'attention des autres.

Narcisse, pensif, posa son menton dans sa paume. Il réalisa subitement qu'il lui manquait une information.

— Charlotte, cette jeune personne… Comment lui est venue cette idée ? Comment sait-elle que nous existons ?

— Ça, c'est un peu ma faute… intervint Artie, gêné.

Il confessa son crime sous le regard dur de Narcisse, s'excusant un peu mais se justifiant beaucoup. Narcisse garda les sourcils froncés tout le long de son monologue. Contre toute attente, une fois qu'il eut fini de parler, la fée ne le réprimanda pas. Il promit à Oli de parler de leur idée aux autres fées, et de faire peser la balance en leur faveur.

Oli, satisfait, réclama ses pots de sirop de pissenlits. Son frère les lui emballa précautionneusement. Ils le saluèrent pour rentrer au cottage : cet échange avait été positif, il ne leur restait plus qu'à essayer… Et à attendre. Oli franchit le pas de la porte en sautillant presque, content de ce dénouement. Artie le suivait de près, tout sourire… Il sentit une main sur son épaule. Narcisse l'arrêta dans son élan.

— Albert… Prends ça avec toi.

— Qu'est-ce que c'est ?

— Tu verras plus tard. Prends-le.

Il examina le petit paquet en tissu quadrillé, interloqué. Narcisse tapota son épaule avant de le saluer une dernière fois :

— Prends soin de mon frère. Et évite les cercles de champignons.

Il le poussa dehors ; Artie eut soudain l'agréable sensation d'être accepté.

Chapitre 25

Le début de l'été

Il était apparemment cruel et sans pitié. Mais pas seulement. Il était aussi, selon les dires, maître guérisseur et porte-bonheur.

En lisant l'article, Oli redécouvrait sa propre race sous un œil nouveau, et il y croyait presque. Charlotte avait fait un beau travail. Des dessins illustrés des livres de contes de la librairie du village, des photos des forêts et leurs maisons en pierres, et quelques lignes de poésie sur les fées bienveillantes... Elle avait mentionné le risque encouru par les promeneurs trop distraits, racontant que les fées étaient synonymes de chance du moment que l'on ne les mettait pas en colère. L'article décrivait les cercles de champignons, et les conséquences encourues ; toutes plus terribles les unes que les autres : disparition d'objets ou de personnes, maladie, chute de cheveux, malchance sur dix ans...

Oli trouvait tout cela très divertissant. La moitié de ce que racontait l'article n'était que foutaises. C'était le but. Suffisamment attractif pour que les gens veuillent le découvrir, suffisamment effrayant pour ne pas jouer avec le feu. La jeune journaliste pouvait être fière d'elle.

À la demande d'Oli, elle n'avait mentionné nulle part comment se débarrasser d'une fée que l'on avait offensée. Faire planer le mystère entretenait aussi la peur.

— Tu lis encore l'article ?

— Je ne m'en lasse pas. À en croire ce que je lis, Charlotte me trouve vraiment effrayant.

— Tu te trompes, rien ne lui fait peur.

— Elle s'est quand même bien vengée en me décrivant, je cite, « d'une fourberie légendaire ».

— Tu admettras qu'elle n'a pas tort.

Artie posa un baiser dans sa nuque et lui arracha le journal des mains. Il lut à son tour l'article à haute voix, insistant sur les mots les plus durs pour agacer son amant. Ils plaisantaient ainsi, mais étaient tous deux très satisfaits de ce travail. Il y avait déjà des réactions à l'article, la compagnie de Charlotte était une grosse compagnie et les autres médias avaient vite récupéré le sujet, en un petit reportage dans le journal télévisé.

En se renseignant discrètement auprès de Didier, Oli avait appris que l'agence ne souhaitait plus tellement revendre ses biens, qui avaient soudainement pris de la valeur. Il aurait été dommage de céder à une nouvelle entreprise leur place dans l'immobilier de « la région des fées ». Monsieur Bougier avait refusé la proposition de Sylvain.

Ce dernier avait prévu de renchérir avec une offre encore plus alléchante, et la discussion était en suspens. Artie craignait que leur plan s'effondre malgré leurs efforts. C'était le moment pour Oli de jouer la meilleure scène de sa vie.

— Je vais aller me chercher un café.

— Tu ne bois pas de café.

— Non… Mais Sylvain en boit, toujours à quatorze heures. Et je pense qu'il ne va pas trouver sa carte bleue…

Il fit tourner la carte entre ses doigts, et la glissa dans la poche avant de sa chemise. Artie lui fit les gros yeux, faussement choqué. Comme s'en doutait la fée, Sylvain était devant la machine, en train de fouiller dans son sac. Il avait des cernes violacés qui faisaient tomber ses joues, ses mouvements étaient fébriles. Quelque chose n'allait pas. Hélas, Oli ne comptait pas améliorer les choses. Il enfonça la carte dans le lecteur, Sylvain sursauta.

— Ah, Oleander…

— Lui-même.

Oli lui tendit malicieusement le gobelet, mais lorsque Sylvain voulut s'en emparer, il refusa de le lâcher.

— Rends-moi le gobelet.

— Non. Je te montre ce qui t'attend si tu ne te fais pas pardonner. Je ne te lâcherai jamais.

— Je…

Oli libéra sa prise, le gobelet s'échoua au sol sur les chaussures en cuir tout juste cirées de l'agent immobilier. Sylvain ne réagit pas.

— L'article…

— Pardon ?

— L'article du journal, il est vrai ?

— Ha, l'article…

Oli réprima un haut-le-cœur en se forçant à prendre ses joues entre ses paumes, sa main de bois appuyant sur la courbe de sa mâchoire.

— Tout n'est pas vrai. L'auteur ne devait pas tout savoir. Peut-être que les choses sont en réalité bien pires…

Il était le prédateur. Sylvain pâlit, les yeux fous. Il perdait la tête. Oli savait ce qui allait se passer. Il attendit, les pupilles dilatées par l'amusement.

— Je refuse de croire que les fées existent réellement.

— Crois ce que tu veux. Je te conseille d'être prudent : il n'y a pas que les fées qui peuvent chercher à se venger.

— Qu'est-ce que tu attends de moi ? Qu'est-ce que je dois faire ? demanda Sylvain en haussant les épaules.

Il feignait l'assurance, alors que ses mains tremblaient. Oli lui asséna le coup de grâce.

— Va-t'en. Quitte la région, n'y remets pas les pieds. Je serai clément : tu me fais pitié.

Sylvain frémit, et ramassa le gobelet vide. Il le jeta dans la corbeille sans oser regarder Oli. Ses pieds trainèrent dans le couloir alors qu'il regagnait son bureau. Vraisemblablement, les légendes pesaient leur poids, même pour un homme de la ville qui ne les connaissait pas. Oli souffla pour évacuer son angoisse.

— Quel bon acteur.

— Je savais que tu étais là, Artie.

— Je savais que tu savais. Je voulais voir ta performance.

— Et ? Tu es satisfait ?

— De l'art. Bravo.

C'était en effet une belle performance. Mais ce n'était pas l'acte final. Artie savait que c'était à son tour de jouer la scène suivante. Ses parents avaient tenté de le joindre toute la semaine. Il avait prétexté un rhume, puis une grosse fatigue, ou encore des sorties avec des amis… Il ne pourrait pas les éviter plus longtemps. Il savait à quel sujet ils cherchaient à le joindre. Sa mère était allée jusqu'à contacter Charlotte pour savoir si elle avait des informations. Fort heureusement, son amie s'était contentée de rassurer sa mère en lui disant qu'Artie allait bien, et était simplement très occupé. Il ne savait pas comment leur annoncer qu'il avait effectivement refusé l'offre d'emploi de la boîte pour laquelle ils avaient investi leur argent. Ses parents avaient en partie fait ça pour lui, il avait l'impression de les avoir déçus. Comprendraient-ils son point de vue ?

Il écoutait distraitement les histoires de sa mère, son téléphone en haut-parleur. Il n'osait pas lui dire qu'il s'en moquait un peu que son amie Virginie en était à sa deuxième cure de désintoxe ou que le mari de Philippe avait prévu de racheter une voiture pour l'anniversaire de son compagnon. Il n'osait pas lui dire, puis aussi, il préférait ces discussions légères à celle qui allait suivre. Il n'y échapperait pas.

— Maman, je sais que tu vas me gronder. Alors vas-y, je suis prêt. Mais rappelle-toi que tu as un seul fils et que je suis ton unique espoir d'avoir des petits-enfants.

— Je ne vais pas te gronder… Quoique maintenant, tu m'as irritée !

C'était bon signe, elle plaisantait. Artie trouva adéquat de rire.

— Ton père n'a pas compris ton choix... Il l'accepte, mais nous pensions que tu voulais vraiment travailler dans l'immobilier, et revenir vivre en ville.

— Je me suis vraiment habitué à la campagne. Je n'ai pas envie de partir. Puis j'ai peut-être une place dans l'agence ici... Didier a dit qu'on aura les entretiens individuels dans la semaine.

— Habitué à la campagne, ou au charmant collègue qui y réside ?

— Hein ?

Si Artie était une fée, son nom serait probablement Coquelicot, vu la vitesse à laquelle il rougissait.

— Je suis ta mère, Artie, je le sais. Depuis longtemps.

— Je vois... Je suis ridicule.

— Non, l'amour, ce n'est jamais ridicule. Tu peux faire tes choix, et si ton choix est de rester dans ta campagne avec ton petit-ami, nous ne pouvons que comprendre. J'ai quitté la mienne pour ton père, après tout.

— Maman...

— Et puis j'ai entendu dire que la région devenait active ! Apparemment, les légendes de mon enfance sont désormais à la mode ! Tu penseras à féliciter Charlotte de ma part.

— Je n'y manquerai pas.

Le père d'Artie interrompit leur conversation en rentrant de sa journée de travail. À son tour, il assura à son fils qu'il ne lui en voulait pas, et lui fit la morale pour leur avoir caché sa nouvelle relation. Ils lui promirent de venir leur rendre visite pendant les vacances de septembre, après la rentrée, si Artie était toujours dans le cottage.

Bien que son choix soit certain, son avenir professionnel était flou. Tant que l'agence ne se prononçait pas, Artie ne savait pas s'il pourrait rester dans le village. Il n'y avait pas d'autres agences alentour, alors s'il était refusé, il devrait retourner chez ses parents.

Ces derniers avaient l'air certain de son embauche, lui en était moins sûr. Tout le long de son stage, il avait été le vilain petit canard. Se transformer en cygne du jour au lendemain lui paraissait peu probable.

Son père lui souhaita bonne nuit, il devait aller à la douche. Il resta un peu au téléphone avec sa mère, puis elle finit par devoir raccrocher également pour préparer le repas. Elle ne manqua pas de lui souhaiter bonne nuit avec une autre révélation, qui le laissa pantois :

— Bonne nuit, mon fils. Fais de beaux rêves. Tu vas y arriver.

— Merci. J'espère…

— Je n'en doute pas. Je te l'ai dit, et j'en suis de plus en plus certaine : les fées portent bonheur, et maintenant, tu as la tienne !

Il y avait un clin d'œil dans son intonation. Artie le prit pour une moquerie. Si sa mère était réincarnée, elle serait définitivement une fée malicieuse elle aussi.

Fairy Ring!

Épilogue

Les vacances d'été étaient au bout du chemin. Littéralement. Artie s'efforçait de marcher droit en portant les sacs de prospectus qu'il devait afficher sur chaque vitrine de magasin jusqu'au coin de la rue. Une fois cette mission achevée, il était libre de rentrer chez lui… Et de préparer sa valise pour des vacances bien méritées dans sa ville natale, loin de la campagne qui allait se remplir de touristes. Habituellement, c'était plutôt dans l'autre sens : les citadins rejoignaient la campagne.

Charlotte lui manquait, sa famille lui manquait, et les boîtes de nuit lui manquaient un petit peu aussi… Cependant, même s'il était impatient de rentrer chez ses parents, quelqu'un ici allait lui manquer plus encore que ses sorties estivales dans tous les bars de la ville. Oli marchait devant lui, un seul sac sur l'épaule. Il avait presque fini sa propre mission, qui consistait à poster quelques courriers pour l'agence. Une fois encore, il avait eu la tâche la moins ingrate des deux à effectuer... Artie soupira en sortant une liasse de prospectus de son sac en tissu : il n'en avait plus grand-chose à faire. Dans moins d'une heure, tout cela serait fini. Il ne serait plus le stagiaire que l'on exploite. Cette injustice prendrait fin, et sa nouvelle vie commencerait.

Oli laissa tomber les enveloppes dans la boîte aux lettres, et offrit de l'aider à continuer son tour des boutiques voisines. Artie accepta avec engouement. Il n'avait pas encore trouvé la bonne façon de dire à Oli ce qu'il allait faire l'année suivante, où il allait être. Il voulait le lui annoncer de la meilleure façon possible. Il savait que son amoureux appréhendait le résultat de ses entretiens... Il ne le lui avait pas avoué, faisant semblant de ne pas s'en préoccuper, sauf qu'Artie le connaissait déjà trop bien pour ne pas se rendre compte qu'il était sur les nerfs.

Oli avait bien évidemment été retenu par l'agence, qui selon les mots de monsieur Bougier « ne pouvait plus imaginer le bureau sans sa présence ». Avec les récentes ventes de maisons à retaper afin de les louer lors des saisons touristiques, et l'acquisition d'autres biens à mettre en vente, l'agence vivait son âge d'or. Les locaux commerciaux se vendaient presque aussi bien que les grandes demeures de maître, les petits créateurs venaient y vendre des champignons en céramique, des flacons de chance en bouteille ou des livres sur les créatures de la forêt enchantée... Le village ressemblait désormais à un vrai village de conte de fées... Ou de parc à thème, au choix.

Enfin, son sac fut vide. Oli avait été efficace. Artie replia le fourre-tout pour le mettre dans la poche arrière de son jean bleu. Il avait laissé tomber le costume ces jours-ci, décrété comme le jour le plus chaud de l'année. Le soleil leur tapait sur la tête, sa peau était chaude sous ses rayons cuisants... Était-ce une insolation ou une vague d'amour qui fit tourner sa tête lorsque son regard croisa celui d'Oli ? Ce dernier essuyait son front avec la manche de sa chemise, apparemment lui aussi victime de la chaleur. Artie lui désigna un coin d'ombre, sur un petit banc juste à l'orée de la forêt, et en bout de village.

Ils s'installèrent et s'autorisèrent une gorgée revigorante d'un thé infusé à froid qu'avait préparé Narcisse pour son frère ; frère qu'il partageait volontiers avec son amant. Le thé avait un arrière-goût sucré ; sans doute une cuillérée de miel diluée dans l'élixir fleuri. Artie trouva cette dose de sucre réconfortante, et bienvenue. Il avait bien besoin de cette douceur pour trouver le courage de se lancer.

— Tu sais ce que tu vas faire, cet été ?

Oli essuya le coin de sa bouche, surpris par cette question. Il fallait bien commencer quelque part...

— Bonne question ? Je vais travailler sur une nouvelle prothèse, j'ai fait un plan pour créer une main articulée. Narcisse va me filer un coup de main. Et puis, je suppose que je vais tenter de me rapprocher des autres fées...

Depuis l'intervention d'Oli pour protéger son peuple, les autres fées avaient semblé plus inclines à le compter comme l'un de leurs. Narcisse avait fait l'éloge de son frère, vantant ses mérites et sa bonne volonté, ce qui avait engendré un intérêt nouveau de la part de leurs voisins. Oli avait même avoué à Artie que, désormais, il avait le droit à quelques sourires, entre deux bonjours. Les choses devenaient petit à petit plus justes. Il avait beau ne pas s'étaler sur le sujet, Artie lisait sa fierté dans ses gestes lorsqu'il lui racontait ces entrevues. Apparemment, même sa mère avait fini par lui proposer de sortir avec eux pour les prochaines célébrations. Artie n'était pas convié, bien sûr, mais les choses devenaient plus douces.

— Je suis certain que ça va bien se passer. Après ce que tu as fait pour les tiens, ils ne peuvent plus ignorer ta valeur…

— Ça serait bien s'ils ignoraient mon handicap, s'inquiéta Oli.

— Chaque chose en son temps, je suppose. Moi, je suis fier de toi.

Il s'amusa de la couleur que prirent ses joues. Il prit sa main droite, et embrassa son annulaire : lui aussi voulait le rendre fier. Et pour ça… Il posa un genou au sol, juste devant lui. Le rouge de ses joues disparut instantanément. Oli le regardait, blanc comme un linge. C'était encore plus amusant que le rouge qui était apparu plus tôt. Artie ne rit pas longtemps. Il déglutit. Son assurance s'amenuisait tandis qu'il fouillait dans sa poche. Il ne devait pas flancher. Il releva la tête, déterminé.

— Oli.

— Quoi ? Qu'est-ce que tu fais ?

Ils étaient désormais assortis, visage pâle avec visage pâle. C'était mignon. Artie reprit après une petite toux pour évacuer le chat dans sa gorge.

— J'ai été gardé dans l'agence. Mon contrat commence en septembre, je vais prolonger mon bail de location dans le cottage.

Le lait de sa peau devint fruité, rosi par le soulagement et le plaisir. Oli attrapa ses deux épaules et le secoua un peu, excité :

— Mais c'est une bonne nouvelle ! Pourquoi tu ne me l'a pas dit plus tôt ? Je pensais que…

— Attends, ne m'interromps pas ! J'ai pas fini…

Artie comprenait son engouement, mais il avait dû rassembler tout son courage pour poser son genou sur le gazon, il comptait bien aller au bout de sa déclaration.

— Je vais rester dans la région un certain temps, loin de ma famille et mes amis…

Il lut la déception dans le regard de sa fée. Oli se méprenait.

— Ne fais pas cette tête, laisse-moi finir ! Je vais être loin d'eux, mais j'ai une nouvelle famille ici. Enfin… Quelqu'un m'a promis d'être ma maison, de m'aider à me sentir chez moi, et de toujours être à mes côtés…

Il était temps. Artie ouvrit la boîte en bois qu'il avait jusque-là gardée dans sa main, les coins saillants lui abîmant la paume : il commençait à se dire que Narcisse avait fait exprès de les faire si pointus, pour lui rappeler de ne pas commettre de bévue.

Il n'avait pas tout de suite compris pourquoi le frère d'Oli lui avait donné la petite boîte. Il l'avait gardée dans sa commode, ne sachant pas quoi en faire, ou quand la ressortir. Il savait que cet objet signifiait qu'il était accepté dans la famille d'Oli. Il devait maintenant leur prouver qu'il en était digne, et la première étape était de ressortir cette boite.

— Je veux pouvoir faire la même chose pour toi. Alors, si tu veux bien accepter un nouveau « cercle de fées »… Tu seras capturé et condamné à m'honorer de ta présence… Comme une offrande. Comme un cadeau.

Oli écarquilla les yeux en voyant la bague rutilante, gravée d'un champignon unique et de deux initiales. Sa bouche s'ouvrit comme le « O », qui était à gauche du champignon, et Artie murmura un petit « A » qui imitait la lettre de droite. Il reprit sa main, et lui passa délicatement la bague au doigt.

— Je t'aime, Oleander. Attends que je sois devenu un super agent, et que j'aie gagné plein d'argent : à ce moment-là, je te ferai une vraie demande en mariage, et je te promettrai encore plus de belles choses.

Il eut à peine le temps de finir d'enfiler l'anneau que les lèvres brûlantes de son amant épousèrent les siennes. Il était condamné, lui aussi : condamné à tomber sous son charme, encore et encore, et ce, jusqu'à ce qu'il finisse six pieds sous terre, sous un cercle de champignons.

FIN

Remerciements

J'ai tant de mercis à prononcer, que je ne sais pas où commencer. Je me dois de remercier mon épouse, encore et toujours, qui fait de ma vie un conte de fées : ta douceur est comme du miel que tu apportes en offrande chaque jour, à travers tes mots : je t'aime.

Comme à chaque nouvelle réussite, je dédie ce paragraphe à mes frères et sœurs, des petits lutins malicieux qui ont toujours participé à mes rêves et mes aspirations, sans cesser de croire en moi. On dit que l'on ne choisit pas sa famille mais on choisit ses amis ; mais si on pouvait choisir je ferais le choix de vous avoir en tant que famille tout pareil. Je vous aime.

Que serait une autrice sans son cercle très privé de collègues en retard sur leurs manuscrits, qui s'arrachent les cheveux devant leurs écrans à vingt-trois heures, sans avoir écrit une ligne ? Je remercie avec toute ma sincérité Claire, Alicia et Loïc pour leur temps passé à m'écouter me plaindre de mon roman, alors qu'on aurait dû être en train de travailler.

Finalement, ensemble, on ressemble un peu à un cercle de champignons !

Même si cela est étrange, je remercie l'enfance, les rêves et les légendes alimentés par un héritage familial : si le présent est parfois trop amer, il n'efface pas les quelques souvenirs tendres qui ont construit ma personne.

Et enfin, je remercie mes lecteurs, mes petits fans qui suivent avec énergie mes aventures littéraires. Ce deuxième roman, je vous le dois ; vous qui découvrez ma plume à travers *Fairy ring* ou qui avez succombé au charme de *Sous la pluie*. Merci de faire exister Hazel Nazo. Je vous promets encore plein de belles choses pour les romans à venir.

Pour plus d'histoires...

@HAZELNAZO.KABO